A Master is Born

一位大師的誕生

侯宗華、洪裕淵——著

目次

（本故事純屬虛構，與現實的人物，事件皆無關連）

「讓我們歡迎本世紀最偉大的開悟者，妙、力、上、人。」

女主持人大聲疾呼下，舞台的簾幕順勢拉開，在果戈里聖樂悠揚的旋律當中，妙力上人終於現身了。

妙力上人梳著油頭，身著精緻絲質白袍，脖子上戴著名貴的蜜蠟佛珠，雙手合十，步履輕盈地走向法會舞台向信徒們致意。在萬眾矚目下，上人緩緩張開雙手，將來自宇宙的神祕能量加持給信徒，探照燈迎面而來，照亮了上人身上的白袍，讓他的背影充滿神聖感。

信徒們高舉雙手，每一個人無不興奮敬畏、歇斯底里地歡呼著，上人看著台下無數熱切期盼的信徒們，心中湧現了種種回憶。

在幾年前，他只是個落魄、籍籍無名的臨時演員高偉華……

第一章　活的神

天空響起一道巨雷，雷光閃爍下，映照出一間破舊的房子。屋內的收音機，播放著老歌《何日君再來》，老舊的電視機，不斷閃屏著黑白橫紋。

巨雷再度打下來，白色的雷光瞬間照亮屋內，破舊的黃皮沙發上，赫然躺著一對母女的屍體。屍體淌著發臭的血水，母女倆的眼窩都幾乎腐爛到見骨，上頭爬滿了乳白色、肥碩飢餓的蛆蟲，正大肆啃食著屍體。

電視機旁的走道地板上，有一個晦暗的入口，覆蓋入口的木板早已破碎不堪，被棄置在一旁走道上。入口內，狹窄的樓梯通往晦暗無比的地下室，地下室地面積著黑灰色的水漬，巨大的蜈蚣與蚰蜒爬來爬去，發出微弱的吱、吱、吱聲……

地下室最深處的角落，擺放著一張木製的神桌，供奉各種面目猙獰、多手多腳的神像及十字架。燃燒的薰香讓這個角落煙霧繚繞，氣氛神祕。神桌上方，老舊的鎢絲燈慢慢地晃著，長髮蓄鬍，身著一襲黑長袍的大師，正在跟衣衫襤褸的老酒鬼坐在神桌旁，進行特殊的儀式。

「你，準備好了嗎？」

大師的眼神銳利無比，沙啞的聲音令人不寒而慄。
「大師……我、我準備好了。」
酒鬼囁嚅著，努力克制發抖的雙手。
「你眨眼了，重來。」
「我該死、我該死，我真的是該死。」
酒鬼額頭的皺紋擠成一團，用力喘著氣，不斷拍打自己的臉，雙手依舊無法克制地顫抖著。
「大師啊，我拜託您了，真的是拜託您了，只要讓我的老婆女兒回來，我願意戒酒、戒賭、我會悔改、會悔改、我真的什麼都願意做。」
大師的臉突然湊向酒鬼，瞪大布滿血絲的眼睛。
「看著我、看著我的眼睛。你、真的、準備好了嗎？」
「我、我、我真的準備好了。」
「跟著我唸，右眼使你犯罪，就把它挖出來扔掉，寧可失去身體的一部分，也勝過全身被丟進地獄。」
「右眼、右眼使你犯罪，就把它挖出來扔掉，寧可、寧可咳、咳……」
酒鬼越唸越緊張結巴，弓著身體不斷乾咳著，眼角滲出淚水。
「唸快點。」
酒鬼被大師的咆哮聲嚇到，迅速唸著經文，越唸越快，一而再再而三，周遭的空氣彷彿在咒語的催化下逐漸凝結。大師雙眼微閉，喃喃口誦咒語，結起手印。突然，大師睜開眼睛，舉起桌上的金剛杵用力刺在酒鬼手上。

「啊啊啊啊啊……」

酒鬼痛到大叫，整間地下室迴盪著淒厲的吶喊聲。

「卡。」

侯導從導演椅跳起來大喊。屋內所有燈光「啪」地一聲同時打開。場記小妹立刻跑向鏡頭前打版：

「一代邪師，Audition take1。」

直到剛剛為止，侯導與劇組人員都在聚精會神地盯著監視器，觀察兩人的表演。

「太棒了perfect，蔡爸，這角色麻煩您了。」

「喔，感謝侯導啊，改天來我家，我請你喝燒酒齁。」

「唉蔡爸，少喝點啦。」

蔡爸用酒精中毒、不斷發抖的手與侯導握手，不時來幾句逢迎諂媚，飾演大師的演員高偉華盯著蔡爸與侯導的互動，表情不屑，內心充滿了莫名的嫌惡。蔡爸是資深演員，導演與演員之間彼此逢迎的醜態，偉華不是第一天見識到，但自尊心極強的他無論如何都學不來這一招。

「那個副導、副導，幫蔡爸叫車，記得把劇本發給蔡爸。」

「來，蔡爸這邊請。」

副導殷勤地送走蔡爸後，剛才在鏡頭內威風八面的「大師」早已卸下髮妝，換上破舊的藍色牛仔夾克以及白T恤，這是高偉華一貫的行頭。身高不到一百七十公分，瘦弱的偉華，留著有些過時的日式中長髮，略為稚氣的五官卻又帶有幾絲滄桑的氣息。偉華緊張地搓著手走向侯導，急切地想知道自己的試鏡成果。但是侯導點起薄荷菸吸了一大口後就滑起手機，完全將偉華從視線中摒除了。

「侯導。我同學，很厲害吧。」

演員副導演阿南跑到侯導身邊，用一貫的開朗語調替偉華護航。阿南是偉華的大學同學兼好友，留著武士頭，身材高大圓胖的他總是穿著搶眼的黃色夏威夷風襯衫，無論在任何情境下都給人樂觀開朗的印象。他在各種試鏡場合推薦偉華，但總是失敗。

「阿南，把最近有空的演員都找來試，要專業的，別再浪費我的時間了ＯＫ？」

「侯導，其實我同學演得不錯啊。他是我們那屆表演系榜首耶，還得過校內話劇比賽最佳男主角。」

「校內啊？呵呵……」

侯導壓低聲音輕蔑笑了，卻還是被偉華聽見。偉華內心瞬間湧起怒火，然而對方畢竟是導演，他只能努力壓下情緒，走上前去。

「侯、侯導，再給我一次機會行不行？」

偉華低頭囁嚅著，這已經是他卑躬屈膝的最大底線。

「閉嘴！」

侯導不耐煩地大吼了。

「你要聽實話嗎？我就是看得出來，你在演，還故意學《世紀教主》，演得還很假，但我追求的是真實。明白嗎？真實。」

偉華震驚不已，大學畢業後八年來被導演們羞辱、拒絕的記憶瞬間湧上心頭。畢業於台灣藝術大學表演系的偉華，曾經是當屆成績最好，最受期待的學生，甚至曾被系主任譽為天才演員。不僅如此，他也深信自己命中注定要成為演員。不，不只是一個演員而已，他不屑於成為所謂的明星或藝人，他相信他是表演藝術家。

然而畢業八年了，偉華依舊一事無成。

八年來，他一邊到處打零工一邊試鏡，卻總是得不到像樣的角色，甚至有一次試鏡時，導演只看了偉華兩眼，就打發他回家了。如今偉華的同學，已經有好幾位成了電影配角，有的同學甚至參與了Netflix頻道當紅的刑偵劇演出。演員這個行當，不僅僅是靠容貌、才華與人脈，更多的是靠機運，即使是科班畢業的高材生，能在演藝圈熬出頭的簡直是鳳毛麟角，大部分的演員隨著青春流逝無法走紅，就只能轉行或轉做幕後工作。早在就讀表演系時，教授們就警告過偉華演員這條路非常現實殘酷，但是當時的偉華狂傲不羈，根本聽不進去，他認為偉大的藝術家，不會跑來當教授，會跑來當教授的，基本上都是藝術界的夢想魯蛇。

此時侯導對偉華的評價，幾乎澈底擊碎了他搖搖欲墜的自信心。偉華不顧阿南的勸阻跑出片場，在大雷雨中狂奔回家。

偉華跑進家門後，看見父親依舊在看著電視播放的政論節目，對他的歸來視若無睹，表情嚴肅不發一語。偉華的父親是一名退休的英文教師，滿頭的白髮襯托在稜角分明的臉龐上，散發出凜然的威嚴。偉華母親則是中等身材，看起來相當開朗的家庭主婦。她看到偉華時，一邊拖地一邊習慣性地絮絮叨叨：

「你回來啦。今天去哪裡啦？整天在那邊當遊魂。二叔又再問啦，你到底要不要跟他去學做生意啊？」

偉華假裝沒聽見，快步走進浴室，拿起毛巾擦乾頭髮。

「現在工作很難找耶，難得二叔給你這麼好的機會，再說你也演不出什麼名堂啊，都三十歲了還不知道要想。你爸已經退休了，我們沒辦法再養你了。喂，你有沒有在聽啊？對了你的信，我放到……」

偉華快步走進房間，用力關上門後跳到床上，隨手抓起杜斯妥也夫斯基的《地下室手記》翻閱。偉華的房間裡雜亂地堆滿了文學、表演藝術與哲學書籍等等，牆壁上貼滿了各式各樣電影明星的海報，有三船敏郎，馬龍白蘭度，最大張的是一張瓦昆菲尼克斯的海報。平時沒有試鏡機會時，偉華習慣沉溺於林林總總的書海中，與其說是充實自己，倒不如說是自我逃避。隨著偉華成為演員的希望越來越渺茫，個性也變得越來越自卑，他刻意疏遠大學時代的好友們，還疏遠整個社會。

「我鄭重地告訴你，我曾經多次嘗試要變成一條蟲，但我甚至連做一條蟲都不夠格。我發誓，意識太清醒也是一種病，一種真正地、澈底的疾病。」

杜斯妥也夫斯基這句話，像是從書中射出的鋼釘，直接刺入偉華的心臟。偉華渾身疲軟，雙眼發紅，他真的覺得現在的自己連蛆蟲都不如。

此時手機傳來了聲音，偉華打開手機一看，在「表演系四俠伐木累」line群組上，不斷有人傳訊息來。

阿南：華唉沒事吧？出來聚聚啦。

蝦痞：華唉出來啦幹，每次都已讀不回，死宅。

沒種：樓上都有家室的人了，不要在那邊9＋8可以嗎？

蝦痞：樓上都當老闆的人了，but不要在那邊假掰老成可以嗎？

阿南：表演系萬歲。

偉華煩躁地按掉手機，突然聞到一股淡淡的玫瑰香，才發現檯燈下，放著一封黑色、鑲著金邊紋樣的邀請函。偉華拿起邀請函聞了一下之後拆開，看到邀請函裡的卡片上，寫著那再熟悉不過的筆跡時，他那憤世嫉俗的眼神，瞬間變得溫柔起來。

偉華，好久不見了，最近好嗎？

還記得我嗎？那個動不動就舞魂上身的小瘋子。是啦，很廢的廢話，告訴你一個國際大新聞：我終於要當上女主角了。

雖然離我的目標還很遙遠，但總算起步了，來看我的表演好嗎？跟你分享我的夢。

Ps：我是誰不用猜了吧？

ఌ ఌ ఌ

舞者梳化間裡，髮型師正在幫蔓詩整理髮型。蔓詩匆忙地幫自己上妝，她身後的舞者們也匆忙地替自己補妝。一名工作人員跑進梳化間大喊：「所有舞者就位喔。」

蔓詩打理完髮妝後，謹慎地打開放在座位底下的盒子，拿出嶄新的桃紅色舞鞋穿上，接著閉眼合掌禱告，似乎在默唸著什麼，接著蔓詩看著鏡子裡的自己，大口深呼吸後起身……

夜晚的台北國家音樂廳，正準備上演經典芭蕾舞劇《天鵝湖》。這次的演出意義非凡，全台灣最頂尖的芭蕾舞團體台北世紀芭蕾舞團，特別請來馳名國際的俄羅斯國家古典模範芭蕾舞團的劇場導演葉夫格尼教授來台，全程指導這次的芭蕾舞劇演出。

由於媒體不斷大肆宣傳這次的演出，對台灣的外交困境做出何等重大的突破，再加上高挑俊美、留著招牌棕色微捲鬍鬚，舉手投足無不散發出獨特熟男氣息的葉夫格尼教授，在媒體面前大肆讚美台灣的美食，以及舞者的表現是多麼地專業優秀，讓他在台灣一夕爆紅，圈了一大票女粉絲，粉絲們還替他取了「葉教授」這個噱頭十足的綽號，種種媒體的炒作讓每場《天鵝湖》的演出場場爆滿，也讓已經二十九歲，飾演白天鵝公主的林蔓詩終於初嚐走紅的滋味。

舞台上的蔓詩頭髮緊束在一起，露出完美無瑕的鵝蛋臉，一百七十二公分高，修長而柔軟的身段在舞台上靈活地躍動著，哀傷憂鬱的神情不著痕跡地融入每一個舞蹈動作，就連一呼一吸都有著細膩的情緒張力，表演感染力之強烈幾乎讓人忘了是在觀賞一場舞蹈表演，彷若身歷其境地活在白天鵝公主的角色中，心境伴隨著劇情跌宕起伏著。

觀眾席上的每個人都屏息凝神、忘我地盯著蔓詩，有的觀眾甚至感動到默默拭淚。坐在觀眾席前排的偉華，儘管能更清楚地欣賞蔓詩的舞姿，內心卻不斷湧現種種苦澀與甘甜的回憶。其中一段回憶，是偉華永遠忘不了的，那是他就讀台藝大時，參加校內話劇比賽時公演的第一場戲，改編自歌劇魅影的實驗舞台劇。

公演前一晚，所有參賽的表演劇組都來到學校大禮堂做最後排練。

一盞spotlight打在偉華與蔓詩身上。蔓詩穿著白色薄紗禮服，深情凝望著偉華。

「為什麼你總是躲著我，卻又一直默默地幫助我？天知道我多麼恨你那偽善的假面具。」

偉華穿著歌劇魅影的魅影角色戲服，帶著一個遮住半邊臉的面具，他的手摀住面具，試圖演繹出痛苦與絕望。

「因為我、我……」

偉華表情猶豫，逐漸湊近蔓詩，蔓詩輕輕閉上眼睛，就在這屏氣凝神的一刻，偉華又笑場了。

「對不起，這個不行，我還是會笑場。」

蝦痞、沒種、阿南都在現場觀戲，每個人都滿臉失望，蔓詩也一臉鐵青。

「這是NG第幾次了？都最後一次排練了，你還這種表現。你真的有把表演當一回事嗎？」

「我有啊，但是……」

「真的當一回事的話，就百分之百全力以赴。」

偉華聽到蔓詩這番激勵的話以後，若有所悟地深呼吸一口氣，給阿南打了手勢。

「準備好了嗎？Action。」導演阿南下令道。

「為什麼你總是躲著我，卻又一直默默地幫助我？天知道我多麼恨你那偽善的假面具。」

偉華摀住面具，手不斷發抖著，試圖揭下面具卻又猶豫不決，拱著背，身體微微晃動著，整個身影都散發出深沉絕望的悲傷。此時蔓詩突然伸手環繞住偉華脖子熱吻他，偉華深受震撼，流下眼淚，不顧一切熱情地擁吻蔓詩。蝦痞、沒種、阿南全都傻站在一旁，滿臉驚呼。

話劇比賽當天，現場觀眾看到偉華與蔓詩熱吻的那一刻，全都興奮地鼓掌吹口哨。當比賽結果揭曉，偉華不負眾望奪得最佳男主角獎。

散場後，偉華站在後台感動地看著獎盃，蔓詩跑過來用力拍了偉華肩膀，嚇到偉華。

「我就知道你做得到。最佳男主角耶，真不是蓋的。」

「蔓，謝謝妳。」

「你以後一定會成為一名偉大的演員的，我保證。」

蔓詩這句鼓勵，澈底奠定了偉華作為演員的自信心。在偉華還來不及搭話時，蝦痞、沒種、阿南靠了過來。

「我們來跟最佳男主角拍照啦。來相機在這邊，三、二、一，cheers。」

當這張立可拍照片定格，似乎也定格了偉華一生中最輝煌的一刻。

蔓詩是偉華同校的舞蹈系學妹，兩人在迎新活動認識後，很快成為意氣相投、無話不談的好友。當年偉華邀請還是大一新生的蔓詩擔任女主角，聯合製作一齣實驗話劇，由阿南導演，偉華擔任男主角，獲得了當屆校內話劇比賽最佳男主角獎。朝夕相處排練話劇，也讓偉華逐漸對蔓詩心生情愫。然而當時的偉華，儘管表面上個性狂傲不羈，私底下卻有著自己也說不清楚的自卑感，總認為自己配不上蔓詩，因此多年來兩人逐漸成了好「朋友」，卻始終沒有進一步發展。

一陣熱烈的鼓掌聲將偉華喚回現實，他卻再也無法看清楚蔓詩的舞姿，才發現雙眼早已淚眼模糊了。

此時，黑天鵝公主也不遑多讓地出場了。

飾演黑天鵝公主的小p剛剛從北藝大舞蹈系畢業，身高不高，但生了一雙神祕靈動的眼睛與精緻骨感的臉型，配上自由奔放的肢體語言，讓她的每一個動作充滿邪魅不羈的張力，有時候還刻意打破既定的舞步節奏即興表演，不禁讓在後台觀舞的葉夫格尼教授捏了把冷汗，卻又對小p的即興演出驚艷不已。

傳統的《天鵝湖》芭蕾舞劇，黑天鵝與白天鵝公主通常都由同一位舞者飾演，巧思獨具的葉夫格尼教授，刻意讓黑天鵝與白天鵝雙雙同台共舞，彼此較勁。兩人對比鮮明的演出，讓蔓詩與小p舞技孰優孰劣的話題，不斷在PTT引起網友的激烈論戰，也讓這次《天鵝湖》舞劇在台灣的關注聲浪，達到前所未有的高潮。

表演結束後，蔓詩與所有舞者一字排開，葉教授與舞團總監都出場了，所有人一起手拉著手，對台下深深一鞠躬，觀眾們歡聲雷動，鼓掌聲持續了將近五分鐘……

偉華捧著一束花怯生生地來到後台，此時早已過了與舞者們公開獻花合照的時間，有些駝背、衣著寒酸的他不時被舞者與工作人員行注目禮。偉華畏畏縮縮左顧右盼後，拉上藍色牛仔夾克的拉鍊，試圖遮掩寒酸的衣著。

「請問你是？」

尚未卸妝，穿著妖豔的黑天鵝舞衣，半露酥胸的小p一臉狐疑地看著偉華，偉華面紅耳赤，不敢回答。

梳化間內，女舞者們不顧形象脫下舞衣嘻笑打鬧，猶如一群麻雀般嘰嘰喳喳。蔓詩在卸妝時，小p跑來蔓詩的梳妝台，俐落拎起蔓詩的卸妝棉。

「齁。又拿我的，我都快不夠了啦。」

蔓詩作勢要搶回卸妝棉，被小p躲開。

「蔓姊，外面有人找妳喔，是不是妳的男朋友呀？」

小p俏皮地眨眨眼。

「別岔開話題。」

蔓詩故作憤怒地瞪了小p一眼，起身解開髮圈，落下一頭烏黑亮麗的長髮。她來到梳化間門口，看到偉華後熱情揮手。

「好久不見了。」

蔓詩的熱情讓偉華的臉更加緋紅，尷尬不已地送上鮮花。

「很棒的表演。」

蔓詩接過花聞了一下。兩人突然不知道如何搭話，氣氛尷尬。小p突然從門口探出頭來，用曖昧的眼神看著兩人。

「蔓姊，葉教授有請。」

「晚點去找你，老地方見，你懂的。」
蔓詩比了一個喝咖啡的手勢後，偉華微笑用手勢回應她，這是兩人認識多年養成的默契。

兩杯灑了肉桂粉的卡布奇諾咖啡端上來，香氣四溢。
這間坐落在重慶南路深巷的「憶咖啡」，是偉華大學時代經常半夜與朋友一起混跡其中、排練劇本的二十四小時文藝咖啡廳。咖啡廳的牆面上可以自由的塗鴉、貼照片，留下屬於青春的印記。
「這麼多年了，咖啡廳還是老樣子，咖啡的味道也沒變。」
蔓詩啜飲了一口咖啡，品嚐著回憶的味道。
「妳也沒變啊，不喔，妳好像變得更年輕了，我認真的。」
「糗我啊。最近過得怎樣？」
「我沒什麼好說的，老樣子，反正餓不死。」
偉華試圖用輕鬆的口吻帶過。
「是說妳現在終於有空了？之前找妳的時候，妳都在忙練舞的事。」

「最近有拿到什麼好角色嗎？」

偉華不著痕跡地試探蔓詩的意圖，但被蔓詩巧妙地轉移話題。

「去了一個試鏡，阿南推薦的……算了，不說了。」

「怎麼了？該不會是被哪個大導演欺負吧？」

「比那還糟，反正沒好事。」

偉華不想繼續這個話題，他望向咖啡廳牆面，牆上還釘著偉華得了校內話劇比賽最佳男主角獎時，與大學好友蝦痞、沒種、阿南及蔓詩的立可拍合照，想起以前的榮耀對比著當下的落魄，偉華倍感心酸地垂下了頭。

「其實，我有點不知道該怎麼走下去了，全世界都在進步，只有我在原地踏步。」

「不像你耶，你以前不是表演系最暢秋的？但也是最有才華的演員。」

兩人都笑了。偉華苦澀地自嘲。

「別糗我了，來。」

偉華舉起杯子，兩人默契十足地碰杯後，偉華喝著咖啡，心裡卻始終疑惑著，他並不知道自己在疑惑什麼，只是隱隱約約感覺出，蔓詩約他的目的不僅僅是敘舊。

「你還記得，半年前那場罷工嗎？」

蔓詩突然提起半年前，那場令人印象深刻的抗議運動。

近年來，由於自動化科技越來越發達，台灣許多民生企業都積極地引入全新的自動化生產線技術。便利、高效率的自動化科技正在大量取代人力。

台灣最著名的天才駭客，傳聞中智商遠遠超過一百六十以上的艾普，高瞻遠矚地意識到這個問題的嚴重性，在半年前透過網路直播，號召鄉民們發起全民基本收入抗議運動。

艾普預測在不久後的將來，自動化科技的普及將導致大量勞動人口失業，全世界所有的產業鏈都將無法倖免，台灣政府應當超前部屬，提前規劃科技產業的稅收比例政策，將多餘的紅利無條件發放給全體國民，一個月無條件給全民一筆一萬五千到兩萬元台幣不等的自由紅利，也就是實施全民基本收入（Universal Basic Income，簡稱ＵＢＩ）。

即使是厭惡政治的偉華，也非常關注這次的抗議運動，因為演戲帶來的微薄收入早已讓他的生活嚐盡苦頭，他理所當然地期待這個議題能夠被政府重視。然而當時來參與抗議的人卻寥寥無幾，全民基本收入對作風相對保守的政府與民眾來說，無疑是異想天開的白日夢。

此時蔓詩拿起手機，播放起半年前抗爭的新聞畫面。

「各位，我大膽地預測，在十五到二十年後，ＡＩ人工智慧將會取代百分之七十、甚至八十以上的勞動力，許多基層勞工與年輕人將被迫失業，導致大量無用階級產生，我們還能按照過往的經濟體系去走嗎？」

領頭拿著揚聲器吶喊的是留著一頭披肩長髮，戴著圓眼鏡，一身文青打扮的天才駭客艾普。

「不能。」

抗議群眾情緒沸騰地吶喊著，每一個人頭上都綁著紅布條，有的人舉著寫上「台灣加油」、「實施全民基本收入」的紅旗子，參與抗議的幾乎都是年輕人，但人數並不多。另一名衣著寒酸，戴著粗框眼鏡，身形乾瘦的年輕人接過艾普手中的揚聲器喊話，滄桑的模樣著實令人同情。

「現有的資本主義制度，導致有錢人越來越有錢，窮人卻越來越窮，你們說，這樣公平嗎？」

「不公平。」

「底層出生的人天生就無法獲得好的資源，好的教育，他們的命運，幾乎在出生的時候就決定了，我們要打破這樣的惡性循環。」

「我主張基本收入、打破惡性循環。」

抗議者們意外與駐守的警方發生推擠，雙方幾乎要發生肢體衝突。

鏡頭掃過一個個抗議者們，從影片中，偉華發現蔓詩也參加了抗議。此時畫面切換為國民統一黨的新銳立委許石誠的採訪畫面。

「Bull shit。有沒有這麼爽？每個月不工作給你兩萬，政府能不垮嗎？也有很多窮人家的小孩念到碩博士啊。就說我好了。我美國哥倫比亞大學傳播研究所畢業的，我從小到大念書從來沒跟我爸拿過一毛錢耶。自己不努力就怪社會、怪國家。這群屁孩魯蛇簡直是幼稚園沒畢業。有人提議要做區域實驗？ＯＫ。問題來了，經費誰出？」

許石誠梳著時尚油頭，戴著名牌無框眼鏡，一身挺拔的修身黑西裝，一臉嘲諷的表情對著螢幕大聲嗆聲。他是偉華的大學同學，招牌的不屑表情，再加上話語裡時常夾雜簡單的英文單詞，讓許石誠的表情被鄉民們做成各式各樣的表情包與貼圖，也被粉絲們譽為「白目戰神」。

「又是他。這個專吃家裡的殘喬仔，說謊臉都不會紅啊？」

偉華看見許石誠後憤怒地捶桌子，他一向看不起這位靠家裡吃飯的假掰公子哥兒。

「這場抗爭被網紅立委許石誠戲稱為屁孩引發的鬧劇，但是立委劉國福卻有不一樣的聲音。」

女主播評論完，畫面立刻切換為民主前進黨資深立委劉國福的採訪畫面。

「我強烈建議政府，可以考慮用區域實驗的方式實驗ＵＢＩ，因為芬蘭都在做這樣的實驗了，台灣沒道理做不到啊，台中市做不到，換我們台北市嘛。」

劉國福儘管身材矮胖，髮量稀疏，卻因為個性開朗，喜歡支持年輕人的想法，再加上講話時總是秀出一口漏風沙啞的台語腔，讓他充滿本土味的親和力。

「ＵＢＩ，也就是全民基本收入，這個充滿烏托邦色彩的政策，意外引發兩黨立委論戰。立委劉國福因為支持ＵＢＩ，在年輕人之間的好感度大幅提升。」

女主播下了結語之後，影片結束了。

「想不到妳對政治還挺熱血的，不過如果ＵＢＩ真的實現了，我們就不用那麼辛苦了。」

偉華不無感慨地說著。

「是啊。許石誠這種有錢人家出生的小孩是不會理解的。偉華，你要不要也開直播當網紅，然後從政，跟他打對台。」

「下輩子吧。政治只不過是煽動人心的鬼扯，跟宗教一樣。」

偉華不屑地說著，他注意到蔓詩的表情有些彆扭。

「怎麼了？」

「其實當天，還發生一件重要的事。」

蔓詩眼神閃爍，猶豫地看著偉華，開始娓娓道來。

夕陽的餘暉，映照著滿地的殘破景象，空氣中瀰漫著一股刺鼻的煙硝味。抗議結束後，蔓詩與幾名年輕人跌坐在凱達格蘭大道上，滿地的紅頭巾、寫著「台灣加油」的碎布，彷彿在嘲弄這次抗議的徒勞無功。

當煙硝逐漸散去時，一個高大偉岸的身影朝他們走來。

那個人穿著一身雪白飄逸的長大衣，湛藍色的眼眸散發著超然與空靈的能量、五官的輪廓如同犍陀羅的佛像般俊美，粗濃的眉毛與齊肩的波浪捲金色長髮、剔透白皙的肌膚，都讓他顯得驚人地年輕，乍看之下又像是外國人，他就是如幻上人。夕陽映照著他高挑的身影，讓他的全身彷彿發著背光，顯得更加莊嚴神祕，上人走路的步伐非常緩慢、輕盈，像是飄在地面上。

蔓詩表示，她第一次看到上人時，就立刻被迷住了，她也說不清楚是什麼吸引了她。上人走到蔓詩面前，緩緩用手指碰觸蔓詩的眉心。蔓詩下意識地閉上眼睛。如幻上人不斷按摩蔓詩的眉心，蔓詩的全身開始痙攣發抖，喜悅呻吟著。

沒多久，蔓詩眼淚奪眶而出後就昏厥倒下，其他年輕人敬畏地看著整個過程，接著一個個拜倒在上人腳下。

「上人賜予我夏克緹的時候，那種感覺很難形容，就像全身被一股喜悅的洪流淹沒，時間、空間都不存在了。」

蔓詩描述這一切時，眼裡泛著淚光，表情充滿著謎樣的喜悅。

「就算、就算那時候我死了，我也沒有遺憾了，我的生命已經圓滿了。」

偉華沉默不語，他覺得蔓詩描述的這種情景未免太過戲劇化了，不值得採信。儘管偉華內心充滿質疑，但沒有說出口，至少蔓詩找他的目的已經豁然明朗了。

「之後，我的舞蹈事業越走越順，不到半年我就當上女主角了。感恩上人、讚美上人，嗡阿吽班札。」

蔓詩虔誠合掌禱告著。

「偉華，要不要來聽上人演講，這是你改變人生的機會。」

看著蔓詩殷切期盼的眼神，偉華不知道怎麼拒絕。

「蔓，妳本來就很優秀了，就算沒有上人……」

偉華話還沒說完，蔓詩已經拉起偉華的手，將一張名片放在他的手中。偉華拿起名片看了一下，名片只印了一個三角形，三角形當中印著一個ॐ字，三角形的角落分別印了三個字母：S、R、T。

「相信我，他，不是一個普通人，他是活的神。」

蔓詩緊緊握住偉華的手，真誠篤定地看著偉華。

半夜，偉華點開Youtube頻道，搜尋關鍵字「如幻上人、S．R．T」，找不到什麼內容。偉華用Google打了上述關鍵字，發現網頁顯示的資料極少，偉華翻了好幾頁，才找到少數部落客的日誌文章。一般來說，偉華對別人的日誌絲毫不感興趣，他閱讀的目的是想了解蔓詩信仰的是什麼樣的宗教。其中一篇文章標題寫著：

「感恩上人，讚美上人，改變我被業力牽引的一生。」

偉華點開文章後，發現一些難以理解的內容。

「體驗夏克緹加持後，我感受到了宇宙能量遍佈全身。剎那間我開悟了，我這輩子從來沒有這麼幸福過。」

偉華盯著「夏克緹」這幾個字後陷入沉思，他將文章繼續往下拉，終於看見如幻上人的相片。相片中，上人的手碰觸一名女子的額頭，女子與其他男女們手牽著手，每個人的表情都像是嗑了藥般，神情陶醉，充滿喜悅。

「蔓詩，一定是被邪教洗腦了。」

偉華下意識浮現這樣的想法。他拿起手上的名片，看著名片上印的S．R．T符號，感到心情異常地凝重。

第二章　天國與地獄

炙熱的週六下午三點半，偉華步行到位在北投捷運站附近一棟毫不起眼的老公寓，他只看到一個長滿鏽斑的紅色鐵門。

偉華疑惑地拿起蔓詩給他的名片對照，確認地址無誤後拉起鐵門走上三樓，發現三樓門口旁邊僅僅貼著一張寫著「S．R．T總部」的塑膠門牌。他在門口猶豫徘徊時，一名長髮美女發現偉華，親切跟他打招呼，要偉華在登記簿上簽名並留下聯絡方式，美女的熱情態度，讓偉華不由自主地照做了，在「接引人」的欄位上，偉華猶豫了好一會，才填上蔓詩的名字。

偉華走進廳堂時，一個穿著紅袍，留著長髮與絡腮鬍，粗獷俊美、身材高壯的守門人，正用銳利、充滿質疑的眼神上下打量著他，偉華隱約感到不舒服，只好避開這個人的視線。他觀望四周，發現廳堂相當簡陋樸素，牆上除了S．R．T的宗教符號，幾乎沒有其他裝飾，地面上放了許多坐墊，幾名年輕人正坐在墊子上打坐冥想。一股悠悠的薰香味撲面而來，偉華從來沒有聞過這麼特別的香氣，令他感到全身飄飄然，緊繃的情緒逐漸放鬆。

蔓詩突然從背後拍了偉華的肩膀，偉華險些叫出來。

「華，其實我沒想到你會來耶。」

「嗯……就只是來看看。」

偉華隨口敷衍著，他真正的想法，是將蔓詩拉出這個萬惡的邪教，儘管這個教派除了沒有名氣，看門的「紅袍絡腮鬍」樣子可惡以外，看起來並沒有什麼「萬惡」之處。

「蔓，他是誰？」

偉華指著「紅袍絡腮鬍」。

「他是上人的護法，他很酷，幾乎都不說話的，沒人知道他的法名，我們私下都叫他高保。高大的保護者。」

「護法？保鑣就保鑣嘛。拍電影啊？呵呵……」

偉華嘲諷地笑了，此時高保突然瞪了偉華一眼，偉華瞬間寒毛直豎。

蔓詩邀偉華一起坐在地板上打坐，偉華坐立不安，只好偷瞄著一旁專心打坐的蔓詩，或左顧右盼打發時間，他觀察到走進廳堂的大部分都是年輕人，每個人都輕聲細語，笑容可掬。不久後，現場陸陸續續聚集了大約二十多人。當偉華坐到幾乎睡著開始打盹的時候，突然被一陣拍手聲驚醒，穿著白袍的如幻上人出現了。

「上人來了、來了。」蔓詩輕喊著。

如幻上人謙恭地微笑著，步伐緩慢輕盈環繞著演講台，雙手緩緩舉起行合十禮，仔細的環視著現場所有人，親切地向台下的門徒們致意後，現場再度響起熱情的鼓掌聲。

「等等讓妳看看我怎麼……」

偉華湊近蔓詩的耳邊大聲叨唸，聲音卻淹沒在掌聲當中。

「什麼？」

「等等讓妳看看我怎麼拆穿這個邪教神棍。」

蔓詩聽懂了，她用手肘用力撞了偉華胸口回應他的不敬。這時如幻上人盤腿坐在坐墊上，優雅地調整坐姿之後開口了。

「各位菩薩們，你們好。」

「虔誠禮敬南無如幻上人，嗡阿吽班札。」

門徒們集體用富有韻律感的口音唸誦著，接著一起頂禮如幻上人。偉華看著人們頂禮膜拜上人的模樣後，輕蔑地抿起嘴角，現場只有他一個人沒有頂禮。

「當我開悟時，我看見萬千眾生的生命，在宇宙的生生長河裡，無始無終地流轉。」

如幻上人演講的語速相當緩慢，優雅的手勢配合輕柔、富有韻律感的嗓音，句子與句子之間，不時穿插著寧靜。

「他們受到業力的束縛而不自知。業力，塑造了今天的你、我，塑造了社會的貧富差距，造就了萬千眾生的苦難與不幸。」

偉華發現四周聽眾表情如癡如醉，有的閉上眼睛雙手合十，有的以打坐之姿，身體不斷微微晃動著。偉華再也坐不住了，他舉手試圖引起上人的注意。

「哈囉？」

「當我成佛時，我下定決心，要用盡生生世世的努力，帶領有緣的朋友們擺脫業力的束縛。今天……」

「嗨？」

「各位的在場，都是前世積累的殊勝緣份……」

偉華認定上人一定是因為擔心被踢館，乾脆假裝沒看到他。想到這裡，更激起偉華挑釁的慾望。

「喂、喂。」

偉華不斷揮手喊話打斷演講，蔓詩見狀拉扯偉華。

「偉華你幹嘛？」

此時如幻上人的視線終於轉向偉華。

「這位先生，您有什麼問題嗎？」

偉華站了起來。

「我的問題很簡單，你怎麼知道幸與不幸是業力的牽引造成的？你有什麼證據？如果有業力的牽引，那是由誰開始的？是誰發明這莫名其妙的遊戲規則來搞我們的人生？」

面對偉華犀利無比的提問，上人緩緩閉上眼睛，進入了禪定狀態，幾秒鐘後上人睜開眼睛，雙手優雅地交疊在一起，不徐不緩地回答。

「這位先生，你問得很好，所有問題都只有一個答案，我知道答案，但是我現在不能告訴你。現在知道答案對你沒有任何意義，只會害了你，如果你想知道答案……」

如幻上人優雅地舉起手，做出歡迎的手勢。

「歡迎你參加我們的冥想課。」

「喔？那就是答不出來囉？」

偉華趁機抓住上人的語病後，轉向信徒們。

「那你們坐這在這裡浪費時間幹嘛？」

偉華這句話一衝出口，立刻在眾門徒當中引起一陣騷動，蔓詩拉扯偉華的腿阻止他。

「偉華，你夠了吧。」

高保注意到狀況，快步朝偉華走來，上人微笑地示意高保不需要，高保合掌禮拜上人後，馴服地退回門口。如幻上人從口袋中拿出一塊糖，舉起糖，展示給聽眾。

「這位朋友，當你沒嚐過糖，怎麼明白糖的滋味呢？無論我怎麼解釋，都是沒用的，要知道糖的滋味，只有一個辦法。」

如幻上人撥開糖果紙吃下那塊糖。聽眾們紛紛點頭，再度頂禮上人。

「感恩上人、讚美上人，嗡阿吽班札。」

偉華瞬間語塞，他不得不佩服上人的口才。

「我的領悟不會變成你的，因此回答是沒有意義的。菩薩們，這位朋友說得很對，我指出開悟的捷徑，但千萬不要因此相信我，要親身體驗。朋友，我邀請你參加我們的冥想課，當你有了體驗以後，再否定我的說法，好嗎？」

「很抱歉，既然你回答不出來，那麼很明顯，一切都是假的。我很忙，沒空參加你的洗腦課。」

蔓詩摀著臉，幾乎要崩潰了，但如幻上人只是微微一笑，回答的語調依舊緩慢而輕柔。

「年輕人，質疑是好事，你很有智慧，也有小聰明，但是過與不及都不是好事，瑞塔娜，妳的朋友很聰明，但是當心點，別聰明過頭了。」

瑞塔娜是蔓詩的梵文法名，意思是靈魂的珠寶，只要入教，上人就會賜予門徒一個梵文名字。

「行了行了金毛王，造型不錯，繼續你的直銷啊。」

偉華擔心再辯下去只會讓自己吃虧，拿上人的金髮造型開刷之後就大搖大擺離開，經過高保身邊時還不客氣地推開他，現場氣氛頓時尷尬無比。蔓詩相當受傷，眼眶泛紅，然而如幻上人不動如山，靜靜地目送偉華離開，表情依舊寧靜莊嚴。

「所有誠意都是為你，My love，Taiwan，破舊立新的新思維。My love，Taiwan，We will bring you to make big money.Ohyayayaya……」

許石誠戴著紅色爆炸頭假髮，心形墨鏡，穿著與貓王同款的華麗禮服，彈著X-Japan成員Hide專屬的Yellow Heart電子吉他，站在舞台上用iPhone直播表演彈吉他唱歌。

許石誠是偉華的大學同學，大學時成績幾乎墊底，卻因為父親是校董的「關係」順利畢業，服完替代役之後又順利申請到美國哥倫比亞大學的傳播媒體與行銷研究所，研究所畢業後回台搞直播批評時政，又因為講話嗆辣直率的風格爆紅，成為炙手可熱的知名網紅，接著又靠著過硬的後台當選國民統一黨新銳立委，他的人生路就像分段式火箭一樣持續爆發，衝上雲霄，飛向宇宙。

整個立委服務處就像是許石誠的私人俱樂部，除了辦公區之外還有遊戲區，遊戲區擺滿了各式各樣的健身器材，還有名牌電吉他、鍵盤等樂器，每一樣樂器都大有來頭，都是知名音樂人使用過的樂器，遊戲區甚至設有小酒吧及舞台，而許石誠大部分的時間都待在遊戲區「工作」。

許石誠的聲音越飆越高，前額青筋暴露，這時所有競選幕僚依序入鏡，一邊拍手一邊吶喊助威，偉華也身在其中。許石誠搖頭晃腦彈著電子吉他，嘶聲力竭地尖叫，用力彈下收尾的音符。

「新血液，新力量，賺大錢，拚經濟，台灣第一名。Ya……」

所有競選幕僚面對鏡頭喊完口號後，大聲拍手歡呼。

一名競選幕僚按掉手機錄影鍵，比出OK的手勢。許石誠瞬間變臉，表情變得驕傲自負，他把假髮拔下來扔了，用不耐煩的語氣抱怨：

「Damn，像個小丑一樣。」

年輕貌美的助理妹妹順勢接過吉他，幫他擦汗遞水，許石誠喝水之後大喊。

「田雞，CTR（點閱率）？」

「破、三、萬。」

田雞講完後比出「讚」的手勢，他拿下遠視眼鏡，拿濕紙巾擦擦高凸的前額不斷流淌的汗水。田雞是許石誠的特別助理，講好聽是特別助理，實際上就是個處理所有行政雜務的班長。田雞是台大政治研究所畢業的高材生，懷抱政治理想的他加入許石誠的幕僚團隊已經一年多了。做事務實、思路縝密、工作能力極強的他，幾乎攬下了所有的行政事務，讓許石誠幾乎每天只需要擔憂髮型、衣著以及肌肉線條。

所有幕僚聽到點閱率破表時全都雀躍歡呼，許石誠順勢從口袋裡拿出一只飛鏢，用力扔向民主前進黨資深立委劉國福的相片，飛鏢不偏不倚正中劉國福的眉心。許石誠興奮碎唸著。

「總有一天幹掉你。」

偉華對許石誠以及這些政治狂熱都感到噁心，他迅速脫下競選團隊的外套，這時拿著一張鈔票的手搭在偉華肩膀上，是許石誠。

「來，偉華，今天的通告費。」

「拍這麼久……才五百？」

「臨時演員不都是這個pay嗎？不夠我再倒貼你一百。」

許石誠用一副施捨恩惠的表情，斜眼看著偉華。

「不必了。」

偉華把錢塞入口袋就準備離開。

「我說偉華啊，要不你來我的競選團隊當幕僚，跟我一起live show，再叫我爸處理一下，保證你快速走紅，比你當演員快十倍，別說我沒照顧你啊。」

許石誠說得好聽，眼角卻依舊斜視著，上下打量著偉華的窮酸樣。

「謝了，直播我真的不行。」

「live show也是一種表演媒介啊，現在有多少人是從網紅出道的啊？你想紅就要知道這些腦殘粉在想啥，他們就想看一些莫名其妙的東西，內容是什麼who care？偉華，不與時俱進怎麼當個好演員？」

「行了，你去找那些大胸部網紅吧，我等等還要上戲，先這樣。」

偉華隨便發明了一個藉口後，就頭也不回離開了。他一向看不起許石誠，卻不得不在他的政治宣傳片裡當臨演賺外快。

「喂，就這麼走啦？」

許石誠看著偉華走遠，嘴角微微上揚，露出招牌的輕蔑表情。

ಆ ಆ ಆ

半夜，偉華駐足在誠品信義書店，翻閱著德國納粹黨宣傳部長戈培爾的傳記，書中引述了一句意味深長的格言。

「謊言重複千遍，也不會成為真理，但是謊言如果重複千遍而又不許別人戳破，許多人就會把它當成真理。」

相傳這是戈培爾最著名的箴言之一，然而所謂如幻上人的夏克緹加持，蔓詩的神祕經驗，究竟是謊言還是真理？偉華不禁陷入沉思。就讀台藝大表演系時，偉華除了成績優異，也喜歡鑽研東西方哲學，羅素的生存智慧、沙特的存在主義、尼采的超人學說等等，都是偉華再耳熟能詳不過的思想了，當然他也沒有忽略所謂的宗教與心理學書籍，但是他越研究，就越對所謂的宗教信仰抱持不以為然的態度，認為那是所謂狂熱份子一廂情願的幻想罷了。

「基督徒為了所謂愛與和平的理想，不就發動了許多宗教戰爭，以及獵殺女巫行動嗎？」

「表面上人人敬仰的宗教導師，卻被門徒踢爆，其實是一個性變態、戀童癖……」

「奧姆真理教的教主麻原彰晃，甚至還發動了沙林毒氣攻擊東京地鐵事件……」

類似的案例比比皆是，因此偉華認定宗教是由盲目、精神脆弱的烏合之眾組成的，他寧可相信存在主義，即人要對自己的思想與行為負責任。而他在大學裡也被同學們視為是一個「存在主義表演藝術家」，儘管這綽號倒也有幾分揶揄，因為偉華總喜歡把存在主義掛在嘴邊，而他心中最完美的戲劇之一，就是山謬貝克特（Samuel Beckett）的存在主義荒誕劇《等待果陀》，人們等待著神，談論著祂，神卻永遠不出現。

「以前蔓詩還是極端的無神論者呢？誰知道……」

偉華如此思索的時候，一個聾啞人士跑來偉華身邊比手畫腳，希望偉華捐錢，偉華打開自己的錢包，破洞的錢包裡面只有將近一百多塊的零錢，偉華猶豫了一會，捐了五十元。聾啞人士做出感謝的手勢，對偉華燦爛笑了。

偉華看著聾啞人士走遠，腦中突然響起如幻上人說過的話。

「業力塑造了今天的你、我，塑造了社會的貧富差距，造就了萬千眾生的苦難與不幸……」

偉華閉上眼睛搖搖頭，他根本不願去回想上人說過的任何話，但是他的腦中卻又閃過S．R．T的符號，還有如幻上人充滿磁性的湛藍色瞳仁。偉華突然感到耳鳴、頭暈不適，他放下書本捏捏太陽穴，此時手機響起蔓詩的留言。

「禮拜天有空嗎？」

ꞋꞋꞋ

夕陽透過杉樹林的樹葉縫隙照射下來，周遭繚繞著蟬鳴聲。

這裡是苗栗鮮為人知的杉樹林露營區，蔓詩與偉華在杉樹林中一起散步，欣賞眼前的美景。從偉華認識蔓詩起，他們的約會地點幾乎都是大學時期一起群聚的「憶咖啡」，不然就是所謂都會叢林裡的「安全區」，畢業之後兩人見面的機會就更少了。因此這次蔓詩的主動邀約，讓偉華內心倍感期待，也想趁這個機會為批判上人的大言不慚行徑道歉。

「這裡很棒吧。」

「超漂亮的。其他人呢？今天只有我們來嗎？」

蔓詩沒有直接回答。

「你知道嗎？每一次來到這裡，我都可以找到很多編舞的靈感。」

「妳下次想來，我可以陪妳啊。」

「華，你有沒有想過，為什麼我們小時候的本性這麼純真、善良，對大自然的美都充滿好奇心，長大了以後，卻失去了這種純真與美好的感受呢？」

「嗯……這幾年我都活得很累，好像整個人都被現實的殘酷給掏空了。」

「但我相信，最美好純真的本性是取之不盡，用之不竭的，只是被我們自己給封閉了，只要我們願意敞開心靈，就能夠明心見性，華，我相信你也做得到。」

偉華並不是太明白蔓詩的意思。

蔓詩陷入了沉思，閉上眼睛大口深呼吸，享受著杉樹林裡的新鮮空氣，突然產生了靈感，扔下背包伸展四肢，即興發揮一段獨舞。偉華見狀，立刻拿出手機將蔓詩的舞姿側錄下來。

「太美了，再一次，我換角度。」

蔓詩再度跳了一段舞，偉華被蔓詩跳舞的曼妙身影迷住了。

「對了蔓，上次的事，對不起。」

蔓詩回頭用曖昧的眼神看了偉華一眼後說：

「別放在心上，我一開始也跟你一樣。」

這句話更讓偉華如墮五里霧中，此時周遭的蟬鳴聲越來越響亮，淹沒了偉華的疑惑。夕陽的光影逐漸消失在群山之間。

到了夜晚，杉樹林露營區裡燃起了營火，吉他手拿著吉他自彈自唱，許多人圍繞著營火拍手唱歌，氣氛非常地歡樂。

蔓詩與偉華也都喝著啤酒，斜靠在樹幹上聊天。

「很像大一的迎新露營吧。」

「真的，好久沒有這麼放鬆了。蔓，記得嗎？我們也是在迎新那天認識的。」

「記得啊，那時候你頭髮留到肩膀，還自以為像木村拓哉，醜死了。」

蔓詩在酒精的催化下，口吻也直率了起來。

「哪有，那時候就流行我這種style的好嗎？記得吧，當時妳的同學還想透過妳認識我，說我長得可愛……」

「意思是現在過氣了？」

偉華拍了蔓詩的肩膀，兩人一搭一唱打鬧著，偉華喝了一口啤酒，突然有些觸動，眼前這一切光景彷彿都讓他回到大學時代，回到他與蔓詩初識的那一刻。

「蔓，為什麼帶我來這裡？」
偉華終於鼓起勇氣問了。
「偶爾就想回味我們的純真年代嘛。」
偉華心跳突然加速起來，他思索著這句話難道是蔓詩給他的暗示？責備他大學時代沒有積極地追求她？
偉華身邊已經積了五個啤酒瓶，他有些醉意迷濛，深情地凝望蔓詩。
「蔓，其實從以前，我就、我就……」
所有人鼓掌拍手，如幻上人出現在營火面前，身後跟著高保。
「原來妳、妳找我來是……妳騙我。」
偉華感到被騙了，原來蔓詩約他出來的目的，竟然又只是為了拉他入教？他試圖起身但是頭暈腦脹，步伐踉蹌地喊著。
「我要回去。」
「等等，你現在要怎麼回去啊？」
蔓詩緊緊挽住偉華的手，身體緊挨著他。
「就信我一次，好嗎？拜託你一次就好。」
偉華的手臂真切地感受到蔓詩胸口的呼吸起伏與溫暖，他不悅的表情逐漸緩和下來。
「好，我今天、我今天……」

偉華手中的酒瓶掉了下來。

「就看看這傢伙還能搞出什麼把戲。」

蔓詩牽著偉華的手，走到如幻上人面前跪下來。

「弟子瑞塔娜祈求上人，讓我的朋友體驗夏克緹的力量。」

如幻上人微微笑了，他的背後，燃燒著熊熊營火。

「好吧，瑞塔娜，佛渡有緣人，慈悲是無限的。」

「廢話……一堆。」

偉華幾乎已經語無倫次了，蔓詩輕易地就讓偉華跪倒在上人面前。

「看著我。」

上人命令著，偉華醉意朦朧地看著如幻上人的眼睛。他感覺到如幻上人那湛藍色、濕潤的瞳仁背後，散發著一股令人目不轉睛的神祕磁力，緊緊吸住他的眼球，如幻上人睜大眼睛盯著偉華幾秒鐘後，緩緩用拇指碰觸偉華的眉心。

偉華覺得自己輕飄飄地失去了重量，他大聲尖叫，驚愕地往下看，發現自己離上人聚會的營地森林越來越遠，偉華瞬間閃過一個念頭，自己是不是靈魂出竅了？

偉華還來不及思考這個問題，轉瞬間又以極快的速度升空，冰冷的風暴不斷襲擊著耳畔，他穿越大氣層飛離地球，整片銀河迎面飛撲而來，偉華不斷尖叫……

突然間偉華停下來了，他環顧周遭，布滿了五顏六色的星球，還有像太陽一樣的星體。偉華訝異不已，他在宇宙中不僅能夠呼吸，還感到通體舒暢。

一個白金色的發光體出現在偉華面前，輪廓就像是一個站立的人形，他身上發出的光芒無比強烈，卻並不刺眼。

「歡迎來到星靈界。」

人形發光體發出如幻上人洪鐘般的聲音，接著緩緩舉起手，從手中射出一道道白金色的光，將偉華包覆起來。偉華感到自己被一股言語難以形容的、喜悅的能量洪流填滿了，他輕輕閉上眼睛，祈禱自己永遠不要失去這樣幸福的感受。

閉眼時，偉華感到自己正緩緩地飄著、移動著，沒多久，他聞到了奇特、沁人心脾的花草香氣，當他再度睜開眼睛時，發現自己正躺在柔嫩鮮綠的草地上，眼前是澄澈的藍天。他遙望天空，發現五顏六色的星球依舊清晰可見，甚至飄浮著幾座晶瑩剔透的金字塔。

草原上，許多俊男美女正四處移動著，他們穿著希臘風格的白色長袍，彼此輕聲談笑、交流著。偉華仔細觀察他們的臉龐，卻很難分辨他們究竟是東方人，還是西方人，他們背後都散發出柔和的白色光暈，移動的方式與其說是在走路，更像是在飄。有的人輕輕一蹬，飄向了天空中的金字塔，彷彿被金字塔發出的引力牽引，消失在金字塔中。

這些人物的樣貌及氣質，都讓偉華聯想到神祕主義詩人兼畫家紀伯倫（Kahli Gibran）筆下的人體水彩畫。

此時人形發光體再度現身在天空，發出震撼大地的聲音。

「開悟的靈魂們，他們完全淨化了自我，因此星靈體發出白光，只要開悟，靈體就能了脫生死，永遠活在星靈界，也就是天堂。」

眼前發生的一切，都讓偉華看得瞠目結舌，此時一個女孩緩緩飄向他，女孩的臉孔竟然與蔓詩一模一樣。偉華不敢相信，他眨眨眼試圖看清楚，卻發現雙腳已經陷入滾燙發紅的泥沼中，剛剛那片柔軟芬芳的草地早已不復存在。

「受到業力束縛的人，作惡多端的人，還有誹謗聖者之人，一旦業力爆炸，將墮入無間地獄，永遠承受地獄之火的灼燒。」

伴隨著上人的聲音，天空轉瞬間布滿濃濁、血紅色與灰紅色的烏雲，偉華聽到周遭迴盪著淒厲的吼叫聲，他環顧四周，發現身邊出現了成千上萬隻臉龐潰爛的喪屍，漫無目的地走動著。

地面的沼澤發出嘶嘶聲，噴出充滿臭穢的氣體，氣體形成火焰，喪屍們的身體一個個熾烈燃燒起來，哀號聲更加地淒苦悲涼。喪屍們發現偉華後，一個個爬向他。偉華揮舞雙手大吼著：

「別過來、別過來。」

偉華的雙腳在泥沼中越陷越深，無法動彈。喪屍們抓住偉華，無數流著膿、長滿瘡疤卻強而有力的手不斷撕扯偉華的衣服，將他拉入泥沼中，偉華的耳朵、鼻子全都灌了泥漿，完全無法呼吸，他用盡最後的力氣尖叫，喉嚨卻被汙泥灌滿，只能發出咕嚕咕嚕的聲音，偉華無法呼吸，即將窒息……

偉華一回神，才發現自己始終跪在上人面前，渾身是汗，雙腿早已跪到麻痺了。他摸摸自己的臉，臉上早已爬滿淚水。偉華抬頭望著上人，上人慈祥和藹地凝視著他，那湛藍色濕潤發光的瞳仁，就像大海一樣深邃。

「朋友，天堂與地獄，只在你的一念之間啊。」

偉華聽到上人這句箴言後，突然若有所悟，淚水奪眶而出，立刻拜倒在上人腳下。

「上人，請您救救我，幫助我擺脫業力的枷鎖，我求您了、求求您了。」

偉華再次跪倒在地上哭泣。蔓詩見到這一幕，也感動地哭了，不自覺地跪下來頂禮上人。如幻上人緩緩張開雙手，所有人頗有默契地自動圍起上人，形成一個圓圈，接著一齊頂禮上人。上人眼睛半睜半閉，緩緩將手掌放在偉華的頭上，唸起咒語，為他灌頂加持。

「嗡阿吽班札、拋棄你的貪婪、拋棄你的邪惡、拋棄你的自我吧，你的靈魂將在此時此刻，重生。」

「嗡阿吽班札、嗡阿吽班札、嗡阿吽班札……」

森林裡迴盪著門徒們的誦咒聲，偉華醉意全消，體驗到了重生的喜悅。

「現在就賜你法號，達摩克爾提。」

偉華抬起頭來，凝望著上人的臉龐，再次喜極而泣。

第三章　奇蹟

「S．R．T並不是信仰，也沒有教義，這裡是意識的實驗室，目標是讓每個人的靈魂獲得重生。」

如幻上人一聲令下，一群鼓手快速地打鼓奏樂。咚咚咚的快節奏鼓聲，像極了印尼甘美朗的鼓樂。現場所有人都像瘋子一樣大聲尖叫，搖頭晃腦、手足舞蹈，這就是上人獨創的「S．R．T冥想法」。

「用力呼吸、用力發洩。把你們內心的憤怒、恨意、忌妒，把你們壓抑在心中的一切負能量通通宣洩出來。」

如幻上人的命令強而有力，他張開的雙手隨著鼓聲快速抖動著，節奏幾乎精準地與鼓聲同步。

偉華加入S．R．T已經兩個月了，他每個週六下午或晚上，都固定來到北投車站附近的老公寓三樓「S．R．T總部」，聆聽上人一個小時左右的即席演講。演講結束後，所有聽眾會在上人的指導下進行「S．R．T冥想法」。

當偉華第一次參與冥想時，幾乎被現場所有男男女女瘋狂亂舞的舉動嚇到了，他感到噁心想吐。

「如果上人能夠讓門徒們輕易地體驗到夏克緹的境界，那為什麼還需要這種詭異的冥想？」

眼前發生的一切讓偉華充滿質疑。蔓詩突然抓起偉華的手邀他一起邊跳邊吼……偉華在蔓詩的帶領下，終於鼓起勇氣「做做樣子」大吼大叫……在發洩的過程中，偉華逐漸意識到自己的身體與心理，積累了多年的憤怒、焦慮與挫折。

這兩個月以來，隨著每一次的發洩，偉華將積累多年的「負能量」一點一滴地釋放，強而有力的深呼吸，讓偉華的身心經歷了一次又一次地大換血，但他做得越多，就感到越不夠，他朦朧地覺得，自己的內心深處還隱藏著某種未知的「魔鬼」。

今天，偉華比平時更加瘋狂地嘶吼尖叫，他決定要澈底趕走心中的魔鬼。偉華喊得蓬頭亂髮，渾身是汗，卻依舊感覺到那股詭譎多變的能量在心中竄來竄去……

就在偉華用盡力氣、嘶聲力竭，幾乎快要喊不出聲音的時候，壓抑在內心深處的「魔鬼」終於浮現了，他的腦海裡閃過各種回憶畫面，彷彿經歷了一場生動的時光倒流。

那是偉華念高二的時候。

某天傍晚，偉華父親用力捶打餐桌，對正在吃飯的偉華憤怒咆哮。

「不行。學表演？你要去當乞丐嗎？只准填醫學系，不然就去學理工。這些年栽培你花了多少錢，你跟我說要去當演員？我的面子都被你給丟光了。」

偉華一聲不吭，默默隱忍著，偉華母親則在一旁緩頰，但與其說是緩頰，還不如說是幫腔。

「偉華，你爸是老師，他這樣做都是為你好。」

只要是偉華父親的決定，偉華母親一貫支持，因為父親是所謂的「名師」，聽名師的話就對了。

偉華的父親畢業於台灣師範大學英語系，之後在師大附中擔任英語教師與班導師。為了給偉華最完美的「教育」，偉華從國中到高中都在父親任教的學校就讀。只要偉華上課時一有「不軌」的舉動，偉華父親總是能夠得到第一手消息，整個中學時期，偉華的生活都活在被監視的陰影當中。

某天偉華偷偷帶了一本漫畫書回家，被父親發現後撕得粉碎，理由是偉華的成績達不到全校前三十名，沒有資格擁有任何娛樂，甚至不准擅自跟朋友外出。每晚餐桌上，偉華的父親不斷用盡各種羞辱的字眼譴責偉華，表示偉華的成績讓他在教師之間很沒面子，還不時威脅要將他趕出家門……然而不擅長理工科目的偉華，成績最多徘迴在全校的前三分之一……

這樣壓抑的生活一直持續到高中畢業。第一次聯考時，偉華的六科總分加起來只考了四百一十四分，完全達不到進醫學院的門檻。這個分數彷彿切斷了他與父親的一切關係，從此兩人幾乎不再說話。

偉華曾經獨自來到淡水河，將聯考成績單撕碎扔到河裡，對著河邊大吼發洩。

憎恨、羞辱與不被理解的孤獨，種種不愉快的回憶在偉華的心中一次性爆發。偉華不斷用力呼吸、大聲嘶吼，將所有悲傷的回憶扔出身體……他的意識淹沒在尖叫與嘶吼聲中，逐漸感受到一股極大地精神釋放。沒多久偉華情緒漸趨穩定，整個人疲憊倒下，這是他第一次體悟到S．R．T冥想的效果。

所有人齊聲唱誦咒語之後，如幻上人端坐在坐墊上，雙手交疊，眼神半閉緩緩說著：

「放鬆。就只是坐著，讓意識向內觀照，放下你的自我，冥想我，我的神性能量將會融入你，消解你的業力。」

「嗡、阿、吽、班、札……」

在上人的指示下，所有門徒都如如不動，靜靜地打坐著。這是S．R．T冥想的第二階段，門徒們必須打坐二十分鐘，冥想上人的法相。

之前偉華打坐時，只感覺到雙腳發麻，內心深處有無數的雜念紛飛著。他無法專注冥想上人的法相，有時渾身發癢，好像有螞蟻在身上爬。有時渾身發冷，心中甚至浮現發著慘綠光芒的，一種難以形容、頭大身小的怪物，一直找機會揪著他的頭髮。儘管上人表示，打坐時所看見的一切神鬼形象，都只是業力引發的幻覺，無須驚慌，只要一心一意冥想上人的法相，幻覺遲早會消失，但是打坐時還得跟詭異的幻覺纏鬥，時常讓偉華感到筋疲力盡。

然而今天打坐時，偉華感覺到自己的心情平靜得猶如一潭深不見底的湖，他回憶起小時候純真無瑕，沒有煩惱，對萬事萬物充滿好奇心的自己。偉華專注地在腦海中勾勒出上人的輪廓，漸漸地……上人的輪廓越來越鮮明，全身發出白金色的光芒。

沒多久，偉華看到一股白金色的能量光束從上人的手發出，灌入自己的頭頂，通過整條脊椎骨，擴散到全身毛細孔，轉瞬間爆發成一股通體舒暢的喜悅，那份感受是如此強烈而熟悉，就是他初次體驗夏克緹時的感受。

偉華的表情洋溢著幸福，所有對上人的質疑瞬間一掃而空。蔓詩也滿臉笑意地打坐著，整個S・R・T總部寂靜無聲，所有的門徒都沉靜在無比的喜悅與至福之中。

牆上新掛了一幅大張的如幻上人法相，上人湛藍色的眼珠，顯得特別醒目。

ஐ ஐ ஐ

「我們的社會，是病態的。」

上人的語氣和煦，卻又無比堅定。

「父母們從未教導你成為你自己，相反地，他們譴責真實的你，將自己無法達成的期望與夢想施加在孩子身上。每個人的潛意識裡都承受著罪惡感，無形中加重了靈魂的業力。」

上人這番直言不諱的評論，讓偉華再次回憶起與父親相處的種種不快，他難過地緊咬著嘴唇，當場下定決心，絕不錯過上人任何一場演講。

上人每次的演講主題都不同，從如何擺脫現代生活的焦慮、男女情感問題，到嚴肅的生死議題，如幻上人旁徵博引，將龐大的知識信息量信手捻來，揑塑成句句飽含詩意的簡單陳述，讓所有聽眾讚嘆不已。

「想像一個人類不存在的世界吧，世界會剩下什麼？皚皚雪峰、湛藍的海，綿延萬里的叢林，傾瀉而下的巨大瀑布，與穿過石洞的呼嘯風聲交織在一起，轉瞬間天空烏雲密布，數道響雷打下來，暴風雨襲捲了大地，激起海上的千層浪花，整個世界將回歸自然而然、不假修飾的美麗與純淨……」

偉華閉上眼睛聆聽著，他幾乎可以感受到沁涼的瀑布濕氣迎面而來，伴隨著馥郁的花草香。

「是誰破壞了這一切？是人類，是我們自己！人類破壞了自然，創造了虛假的道德，束縛了真實的自我，更造就了種種惡業，這是極度荒謬的，各位！閉上眼睛，感受被人類破壞以前的世界吧，那是無比殊勝的天堂淨土。」

上人用字遣詞既簡單又充滿了煽動性，每一個字彙彷彿攜帶著翅膀，伴隨著上人的聲音，那飽含詩意的手勢，深不可測、汪洋般的湛藍色眼睛，偉華、蔓詩與現場所有的門徒，一起手牽著手，飛入廣袤無垠的宇宙。

「蔓詩說的沒錯，如幻上人不是一個普通人，他是活的神。」

當偉華這樣想時，如幻上人起身，用優雅的手勢大聲疾呼，為這場即席演講劃下結語。

「即身成佛，現在的你就是完美的佛陀。」

來聽演講的人，大部分都是年輕、充滿理想與熱忱的知識分子。有一次偉華甚至看見帶頭宣揚全民基本收入的天才駭客艾普，也加入了S．R．T。加入S．R．T只需要付供養金台幣兩百塊，之後都是隨喜供養，從來沒有人覺得自己被剝削。

上人有一次在演講中還特別強調：

「靈性是屬於全人類的財產，因此冥想絕對不能當作商品。S．R．T也絕對不能成為一個聚攏財富的宗教組織。」

如幻上人這番崇高的宣言感動了現場的所有聽眾，反而為S．R．T挹注了更多供養金。

這段期間偉華試鏡的次數越來越少，卻發現自己找到了真正的歸屬感。每一次上人演講前，偉華與幾位門徒就會先相約聚餐，聚餐時的氣氛熱絡得就像老朋友的聚會。可惜的是，演講結束後每個人基本上都各走各的，即使互相留下聯絡方式，除了來聽上人演講，私底下卻都很少聯繫。或許大多數的「知識分子」都有脆弱又過度自信的一面，他們希望保有自己的驕傲與尊嚴，不願輕易袒露內心的瘡疤，卻又渴望獲得精神的救贖，讓他們的生活被迫切割為明暗兩面。偉華希望與這些知識分子深交，但總覺得自己與他們之間，鍍了一層難以穿透的金屬隔膜。

蔓詩也一樣，偉華似乎感到蔓詩對自己的態度，跟剛開始想要他拉入教的主動積極判若兩人。每次偉華想約蔓詩出來時，除非是跟S．R．T有關的事，否則蔓詩幾乎都在「忙著練舞」，種種因素都讓偉華對上人的演講越陷越深，陷入一股難以言喻的渴望與依賴當中。

這段期間，上人也鼓勵門徒「接引」更多的朋友來聽演講。

「菩薩們，將更多的人帶來。接引渡人是消解業力，累積善業的不二法門。當你們積累了足夠的善業，宇宙就會傾聽你們的心，你們的願望將會實現。」

聽到上人「願望將會實現」的承諾時，所有門徒全都睜大眼睛，充滿期盼。

儘管上人的這番承諾相當吸引偉華，他卻尚未做好心理準備，他的潛意識裡總認為曝光自己的信仰，就好像打臉了他身為「存在主義表演藝術家」的人設。然而眼見每次上人演講時，身邊門徒都帶來了越來越多的家人或朋友，甚至有的門徒都開始分享自己願望實現的「見證」了，偉華內心開始浮現種種莫名的壓力與焦慮感，終於，他暗暗下了決定。

偉華回家後，半夜拖著一張椅子，將大幅如幻上人相框，掛在客廳最顯目的地方。

ꙮ ꙮ ꙮ

「砰！」

在巨大的聲響下，如幻上人的相框被扔到牆上，摔碎了。

「不准在家裡掛這瘋子的相片，你要信這瘋子，就滾出去。」

偉華父親氣喘吁吁地咆哮道。

偉華手發抖著撿起相片，這是他第一次對家人坦承自己的信仰，將上人的法相掛在客廳的牆上，結果卻被父親澆了一大桶冷水，這份羞辱感，喚醒了他與父親過往的種種心結，他默默地走進房間。沒多久，偉華整理好一袋行李快步走出房間，跑出家門。

「偉華，你要去哪？」

「別管他，都被妳給寵壞了。」

偉華母親依舊追了出去。偉華跑到一半的時候回頭，發現母親正在四處找他時，偉華突然感到有些不捨，但依舊緊咬著嘴唇，頭也不回離開了。

偉華與蔓詩約在憶咖啡見面。聽到偉華離家出走的決定後，蔓詩試圖勸偉華回家跟父母好好溝通，但偉華的態度非常堅決，他已經受夠這個家了。

「接下來有什麼打算？」

偉華悶不吭聲，沒有回應蔓詩，他知道蔓詩的意思是問他「接下來如何謀生」，但偉華根本沒有計畫，也不想面對這個令人煩心的問題。

「你這個人總是這麼衝動，完全不考慮家人的感受。算了，總有一天你會後悔……」

偉華低著頭，不斷地攪拌咖啡上的奶泡，兩人就這樣沉默了好一會，蔓詩看著偉華，突然想到什麼。

「華，不如你來宣傳部打工吧？」

「宣傳部？」

偉華驚訝地抬起頭，他不知道S・R・T還有所謂的宣傳部。

「不要，我還要演戲，我不可能去坐辦公室的。」

「你想太多了，就只是有空的時候幫忙發發名片跟宣傳單，有底薪的，雖然不高。而且每接引一個教徒進來，供養金還可以抽成。當上幹部的話，抽成的比例會更高。」

「可是……」

偉華感到猶豫，不僅僅是因為他擔心打這份工會影響到試鏡的機會，而是這工作聽起來就像是……直銷。

「S．R．T幾乎入不敷出，所有門徒的供養金只足夠付總部的租金以及基本開銷，幾乎沒留下什麼錢可以供養上人，而且我們可能需要換更大的場地來冥想，更大的場地就需要更多的租金，再這樣下去S．R．T可能……」

講到這裡，蔓詩的表情立刻黯淡下來。

位在北投的S．R．T總部，是由擔任房東的門徒提供的，只收取了象徵性的微薄租金，然而隨著加入S．R．T的人數逐漸增加，冥想時門徒發出的噪音，已經逐漸引起鄰人的非議與排擠，還有場地大小的問題，S．R．T需要更大的場地以供冥想，但是以目前門徒增加的速度根本不足以負擔更大的修行場地。

在蔓詩的分析下，偉華才意識到S．R．T正面臨著極大的轉型困境，要存活下去，需要在短期內獲得一筆龐大的供養金，因此需要更多志同道合的門徒加入……特別是有財力的門徒。然而憑個體的力量來擴張門徒的人數，成效不是也很有限嗎？偉華不禁疑惑。

「華，上人不是說過，多介紹一個門徒可以累積更多的善業，實現夢想嗎？我以前也在宣傳部工作過，我不是當上舞蹈家了嗎？而且宣傳部的工時很彈性，你還是有時間試鏡，我有空也會來幫忙的。」

偉華還在猶豫時，蔓詩抓起偉華的手打勾勾。

「你一定可以成為演員的，我保證。」

ぞぞぞ

在破碎的假山背景前，偉華裝扮的孫悟空俐落地揮舞著金箍棒，仰天長嘯，充滿野性地嘶吼，帶著尖銳假牙的嘴還吐出陣陣白煙圈，接著偉華憤怒指著李導。

「五百年、五百年啊。你這廝禿驢，可知道被關了五百年是啥滋味？俺老孫現在就叫你嚐嚐。」

偉華眼眶泛淚，呼吸急促，講話之間還發出猴子齜牙咧嘴的聲音，表演之細膩真的就像一隻發了瘋的猴子。李導與幾名劇組人員，場記、副導還有阿南，聚精會神看著偉華表演，一旁還架了攝影機。

「卡。」

李導喊卡後，偉華才感覺到肺部快窒息了，他拚命咳嗽，咳出陣陣白煙來。

李導皺著眉頭，沉思著偉華剛剛的表演，從李導的表情明顯可以看出，偉華的表演並不是他想要的。

「偉華，我覺得你動作可以再緩慢一點，內斂一點，不要那麼外放，我想要塑造一隻情感細膩豐富，有人味的齊天大聖，還有你為什麼走路要駝背？」

偉華猶豫了一會，突然不知哪來的勇氣讓他開口了。

「李導，我覺得孫悟空被關了五百年，在精神上應該是瀕臨瘋狂的狀態……我駝背是希望在表演上，澈底還原猴子的真實習性，該放就放到極致，該收就收，這樣子表演能量比較出得來。」

周遭一陣緘默，空氣彷彿結冰了，所有劇組人員都戰戰兢兢看著李導。

李導用銳利的眼神瞪著偉華，鼻子逐漸泛紅，阿南在一旁看得冷汗直流，喃喃叨唸著：

「完了完了，李導要生氣了……」

李導果然不悅扔下劇本，轉身就走，阿南立刻跟上去。任誰都可以看出，偉華的試鏡又失敗了，但這也是偉華第一次向導演表達自己的表演想法，他內心反而感受到一股釋放。

試鏡結束後，阿南與偉華坐在劇組搬運攝影器材的小拖車上吃便當，阿南扒了一大口滷肉飯便當後感到心滿意足，偉華則悶不吭聲，默默地吃便當。

「華唉，別想太多啦，李導脾氣就是這樣。」

「阿南，我有東西想給你看看。」

「啥？」

阿南接過偉華手中的傳單，他看到傳單上用毛筆草書字體寫著：

「想知道如何擺脫痛苦、煩惱、不幸嗎？請來參加如幻上人的演講，擺脫業力的枷鎖，改變你一生的命運。」

阿南讀完後皺起眉頭。

「你這是……在做角色功課嗎？」

「阿南，不騙你，上人真的很厲害的，只要你信上人，夢想就會成真。」

阿南上下打量著偉華，眼眶逐漸濕潤，突然不顧滿嘴油膩，用力抱住偉華大哭。

「對不起我錯了，害你變成這樣，我以後都找正常的角色給你演。」

「放開我。」

偉華尖叫著，不斷試圖掙脫阿南肥碩的身軀。

隔天下午，偉華與蔓詩，站在大太陽底下的西門町街頭發S．R．T的宣傳單，卻幾乎沒有多少人理會他們，偉華感覺自己像是在對著空氣傳教。

「來聽演講吧，保證你的靈魂獲得重生。」

偉華才剛剛習慣性地喊完口號時，一個渾身肌肉，兩條粗壯的臂膀上分別刺著巨蟒與鱷魚的壯漢，唰的一聲從偉華手裡搶過傳單閱讀。壯漢的小眼睛快速掃完傳單內容後，不屑地啐了一口痰，用力拍拍偉華的肩膀。

「抱歉喲，這意思是說，所有壞事都是業力搞出來的？不是人搞出來的？」

「呃，可以這麼說，但是只要您信仰上人……」

壯漢就等著偉華這句話，一隻手輕鬆地將偉華舉起。

「那我現在揍你，也是業力造成的？不能怪我也不能告我囉？都推給業力嘛。」

「是啊，不、不是啦。我的意思是……」

偉華對壯漢的舉動感到不知所措，開始結結巴巴。

「喂，你幹嘛這樣，放開他。」

蔓詩趕來，使勁拍打壯漢粗壯的手臂，壯漢當然不為所動，他大手一揮，輕鬆地將偉華扔出去後，得意地拍拍手，再次啐了一口痰後就大搖大擺地走遠了，邊走還邊碎碎唸著：

「早就想好好幹爆你們這些宗教騙子了，馬的真爽。哼呵呵呵……」

蔓詩將偉華攙扶到一旁的台階，從包包裡拿出隨身醫藥包，替偉華做簡易的傷口處理。

「太過分了，業力會懲罰他的。唉，別亂動。」

「小力點、很痛。」

蔓詩用棉花棒替偉華擦拭傷口時，偉華痛得用力抓住蔓詩的手，兩人互看了幾秒鐘，蔓詩臉紅把手抽回，尷尬地起身，繼續發傳單。

夜裡，偉華躺在堆滿S．R．T傳單的狹小隔間。

這是他離家出走後，在租屋網上找到的最便宜房間，僅僅用幾片薄木片隔開，房間小到兩腿幾乎無法伸直，一有什麼動靜隔壁都聽得一清二楚，毫無隱私可言。偉華摸著頭上的OK繃，沉溺在白天與蔓詩相處的甜蜜回憶裡，他甚至差點要感謝那個壯漢了。這時手機留言響起，是田雞。

「偉華，許立委二十六號到二十八號有一場造勢活動，要不要來幫忙？這次比較辛苦，所以一天一千。」

偉華突然想起許石誠說過的話。

「他們就想看一些莫名其妙的東西，內容是什麼who care？」

這個簡訊就像一個瞬間爆開的靈感炸藥，許石誠戴著紅色爆炸頭假髮，用iPhone直播彈吉他唱歌的身影閃過偉華腦海。偉華若有所悟地起身。

在高保的帶領下，偉華第一次走進如幻上人的房間。

上人的房間不大，但是整理得相當樸素乾淨。空氣中飄盪著一股溫潤的薰香味。如幻上人正靜靜地坐在小沙發上，閉目凝神，處在入定的狀態中。窗櫺半開著，陽光輕柔地灑落在上人的臉龐與肩膀上，偉華彷彿看到上人的身上，散發著一層柔和的白色光暈。

偉華跪在上人面前，不敢發出任何聲音。他朝四周望了望，發現牆上裝了高聳的活動櫃，櫃子上擺滿了精美的書籍，有哲學、宗教、心理學、小說、詩集等等，中英文都有，就連地上也堆滿了排列整齊的書籍。偉華讚嘆、敬佩不已，他的內心吶喊著：

「一個開悟者、一個偉大的哲人或者詩人，他的殿堂就該是這個樣子。」

讀大學時，偉華曾經想過成立過一個社團，一個充滿創造能量的俱樂部，由詩人、小說家、藝術家、哲學家、音樂家等等各式有才有藝的人組成，每周聚在一起，彼此砥礪琢磨，相互刺激，源源不絕地誕生出偉大而超凡的藝術作品，偉華甚至設想，這個社團的友情與影響力能夠維繫到大學畢業後，甚至影響整個社會。

偉華起草了社團大綱，親自四處發傳單，一開始的確吸引了一批熱血文藝青年。然而沒多久社團內部開始大分派系、彼此內鬥，每個成員都深信自己應該當領導者，卻又不願承擔任何社團相關的行政事務，因此社團很快就宣告解散了，甚至社團名稱都尚未決定。

從此以後，偉華一直憎恨權力與政治的世界，他認為美好的烏托邦，永遠只存在於天真無知的心靈中，當人性的弱點與罪惡曝光在熾烈朝陽下，所有烏托邦的理想都將煙消雲散。直到遇見了上人，偉華才再度回憶起那個失落已久的舊夢。

偉華內心勾勒出無數生動的願景，他深信，一個人格完美無瑕的聖者，即使保持緘默，他超然的靈性所放射出來的光芒，足以照亮任何在黑暗中徘徊的靈魂，唯有這樣的聖者，才有資格成為烏托邦的領導者。

「如果、如果是上人來帶領的話……」

當偉華思索著「烏托邦社團」的種種可能性時，此時上人緩緩睜開眼睛，剛剛出定的臉龐顯得光華四射，莊嚴神祕。

「上人，弟子有辦法，讓更多人聽到上人的妙法。」

偉華抬起頭來，似乎對上人說了什麼，上人若有所思地凝視偉華，偉華再次拜倒在地上。

陽光映照著如幻上人的側臉，顯得一明一暗。

ఌ ఌ ఌ

今天的演講頗不尋常，過往上人演講時，一般情況下禁止公開錄影、錄音與拍照，而是讓指定的門徒用錄音機錄下演講內容，據說是為了將來出書做準備。在偉華的說服下，如幻上人的演講，改由擔任攝影師的門徒全程錄影。

沒多久，Youtube出現了一支充滿爭議性的影片，標題寫著《奇蹟的大師，如幻上人》。

如幻上人雙手放在胸前，做出一個聚氣的姿勢，突然朝著偉華的方向「發功」，站在觀眾席中的偉華，彷彿被一股能量擊中，立刻往後撲倒。

畫面跳轉，如幻上人故作神祕搖晃著手，左手徒手變出黃金項鍊，掛在門徒身上，右手變出精緻的小型佛雕，送給另一個門徒。

上人對門徒們實施夏克緹，不斷用手指按摩門徒的眉心，門徒們個個全身痙攣，喜極而泣，有的門徒甚至當場暈厥。

如幻上人的Youtube影片很快地在網路上引起爭論，有人在底下留言謾罵，有嘲諷，也有崇拜讚美。如幻上人頻道的訂閱人數急速攀升，從一開始的寥寥數百人迅速攀升到二十多萬人，門徒人數也在短期內迅速激增。

這天，偉華走在參加上人演講的半路上，接到阿南的電話。

「什麼？中了？阿南你騙我的吧？」

「我都不敢相信，李導一開始被你氣到丟本耶，後來李導想了很久，覺得你的表演跟想法真的不錯，再加上重點喔，我幫你大大push了一把，最後才終於把你定下來。華唉，這次得請我好好吃一頓了。」

「請你十頓都沒問題。什麼？演員訓練要半年？小事，一整年都給你。」

偉華興奮雀躍地跑著，跳著，不顧路人的側目興奮地大聲尖叫，這是他畢業後，第一次試鏡上重要角色，他深信一定是上人的加持應驗了，他幫上人做了這麼多事，努力接引門徒，現在宇宙終於聽到他的心聲，他的願望終於實現了。

然而，如幻上人卻在演講結束時當場宣布，要任命偉華為S．R．T宣傳部執行長。

偉華錯愕不已，現場所有門徒全都為他拍手歡呼，有的門徒甚至對偉華投以欽羨的眼光，在那樣的情境下，偉華根本不敢拒絕。隔天下午，偉華私下會見上人，坦言自己還沒有心理準備擔當這個重任。上人穿著白袍，優雅地坐在桌旁的躺椅上冥想。上人的書桌上，擺著如幻上人雙手高舉的小張相片，桌上還放著一本皮革精裝的委任狀以及鋼筆。

偉華滿臉焦慮，跪在上人面前。

「怎麼了？達摩克爾提，說出你所有的疑慮吧，全心全意地拒絕，勝過半心半意地臣服。」

「這個角色需要進入劇組半年……」

「達摩克爾提，放下它。」

偉華震驚抬頭望著上人，他還在思考上人說的「放下」的意思。

如幻上人不徐不緩地拿起委任狀翻開，委任狀的內容明確表述，任命偉華作為S・R・T的宣傳部執行長，而且此委任狀具有法律效益。上人拿起鋼筆，用一種充滿藝術感的草書字體，在委任狀上簽名。

「不需要擔心任何事，只要臣服，未來你還會得到更多的角色。」

現在偉華終於聽懂了，上人要他完全放棄好不容易才得到的角色，他的頭開始疼起來，內心湧現強烈的不滿。

「但是，弟子依舊……」

上人舉起手，溫和地打斷偉華。他起身走向偉華，輕輕將手放在偉華頭頂上，用一種富有韻律感的音調誦唸著：

「達摩克爾提，整個生命都是一齣偉大的戲劇……把你所有的麻煩、所有的責任都交給我……像演戲一樣地工作，像演戲一樣地生活。」

在上人的誦唸聲中，偉華感受到一股溫熱的能量之流灌入他的頭頂，偉華突然感覺到心情不再緊繃了，他的整個身心都被那股溫暖的能量繚繞著，這股能量如此地強而有力，讓他的身體不由自主微微晃動著，所有的憂慮瞬間煙消雲散，他張開眼睛，看見上人對他報以和煦的微笑，同時遞出了委任狀。

「這是給你的禪公案，時間一到，你就會成為真正的演員。」

聽到上人的承諾後，偉華彷彿吃了一顆定心丸，內心湧現前所未有的責任感，他虔敬地伸出雙手，接受委任狀。

ಌ ಌ ಌ

偉華在辦公室裡來回踱步，跟阿南講手機。他的座位桌上放了一塊名牌，寫著宣傳部執行長，達摩克爾提。辦公室裡的人都穿著紅衫坐在電腦前工作著。

「你確定嗎？這個機會這麼難得……」

「對，我真的沒空。」

「華唉，到底什麼事情可以讓你這麼忙？」

阿南完全不能了解，為何偉華會放棄這麼難得的演出機會，他為偉華的決定氣惱不已。
「以後再說了，先這樣，掰。」
偉華掛斷阿南的電話後，一轉身看向電腦，不悅地指責設計S．R．T官網的門徒。
「這個風格太花俏太俗了，換。」
電腦螢幕上，是紫色，用傳統佛教蓮花紋樣裝飾的S．R．T網站首頁。
「要非常有質感、質感。我想下……背景改成黑色，字體要細緻有質感的那種。」
偉華焦慮地一邊踱步一邊抓著頭，尋找靈感。
「你可以參考……對了，你開一下金馬獎網站。」
偉華對自己的品味深具信心，畢竟他在大學除了主修表演以外，為了增進所謂藝術家的修養，還修了一些剪輯、視覺設計的課程，他從來沒有想過這些課程如今都派上用場。就這樣，S．R．T的官方網站在偉華的指示下一步步建立起來，設計完成的網站與臉書專頁風格與金馬獎網站幾乎一模一樣。
「所有門徒都要留言，寫下你們聽法的感悟，最重要的是每個人都要將上人的法語分享出去、推薦給朋友。」
偉華在S．R．T的line群組上下達指令。沒多久，S．R．T臉書專頁貼文拚命累積讚頌的留言，所有的負面留言跟帳號全都遭到封鎖。在偉華的操作下，S．R．T臉書的按讚人數，在很短的時間內迅速激增，門徒人數更是多到每一次演講的空間，都得隨著門徒人數的增加而改變，越換越大。

某次演講結束後，上人終於宣布：

「為了法脈的傳承，我們需要自己的諾亞方舟。」

上人一聲令下，事情往往很快水到渠成。

不久後，在投資房地產的門徒安排下，全新裝潢的S．R．T總部終於誕生了，地點位在忠孝東路三段的壹崎大樓頂樓二十樓。總部演講廳的牆壁由白色大理石拼貼而成，裝飾著抽象畫般的線條，如同斯坦利庫柏立克（Stanley Kubrick）的電影場景。這個演講廳的設計概念由上人提出，再交給偉華做整體規劃，指示從事室內設計師的門徒設計完成。

當時上人將電影《太空漫遊》的劇照遞給偉華，僅僅跟他說了一句：

「Just do it.」

偉華看著由自己參與設計的S．R．T總部時，感動得幾乎要哭了出來，所有S．R．T的教徒，全都為新據點的誕生興奮不已。

第四章　預言

「曾經，我只是一個普普通通的人，跟你們一樣脆弱、無助，如今我覺醒了。覺醒的那一刻，我哭了，為了眾生哭泣。因為許多人放棄了開悟的潛力，他們終其一生都受到業力的束縛而不自知……」

如幻上人穿著充滿時尚感、鑲著金邊的黑色長袍，坐在白色流線形的沙發椅上，淚眼婆娑地講道著。

今天，如幻上人在新落成的S．R．T總部演講廳演講，也是上人首次直播演講。所有門徒都穿上了特別訂製的紅衫，整齊劃一地盤腿坐在地上，離上人演講台最靠近的位置，站滿了各家電視台的記者。演講廳背景嵌上幾個字：

「S．R．T總部落成典禮暨如幻上人靈性分享會。」

演講開始前，記者們一踏進S．R．T總部，都對充滿「未來感」的裝潢好奇不已，當高挑俊美的如幻上人出場時，全身上下的時尚行頭，更讓所有記者的鎂光燈閃個不停。偉華看到這一幕時，既感慨又羨慕，他認為上人如果去當電影明星，必定也能大紅大紫。

「有多少人在看？」

「快破……等等，破三十萬了。」

蔓詩瞄了一眼蘋果電腦上快速變化的觀看流量後說。

「很好。」

偉華拿著手機遙控著機器人，尚未熟稔操作的他，好不容易讓機器人的攝像頭對焦，特寫上人淚眼婆娑的表情。

演講是用最先進的遙控機器人直播的，機器人的造型像極了好萊塢機器人動畫電影的主角「瓦力」，不僅有脖子可以上下左右自由伸縮，還可以三百六十度靈活運轉，尋找最佳的拍攝角度，拍攝者甚至可以透過機器人，跟攝像鏡頭前的人聊天互動。記者們從未看過這麼新奇的機器人，紛紛搶著跟它拍照合影留念，這些質量過硬的設備，全都是天才駭客艾普提供的。

記者會以及直播演講，全都是由偉華號召所有在媒體圈工作的門徒們一起策劃的，如果這次的直播演講能夠成功，上人的社會地位就會更加穩固。

演講結束後的記者會上，站在上人身邊的偉華指示記者可以發問了，一想到眼前的記者們將決定S．R．T的未來，偉華不由得緊張起來。

第一個記者很快舉手了。

「上人您好，您在Youtube上有一段展現奇蹟的影片，請問那個表演是真的奇蹟嗎？還是魔術表演？能否在現場為我們示範一次？」

沒有報上報社名稱的記者，一開始就提出「八卦味」十足的問題。

「整個存在都是奇蹟，不是嗎？」

如幻上人簡短有力的結束這個話題。

「您好商鉅周刊提問，我想請問上人S・R・T總部的市值？」

「不知道。我只是一個一無所有的普通人，一個大地的過客，我甚至沒有任何財產，這個總部也不是我的，是屬於現場所有門徒的愛與奉獻，他們才是這個總部的主人，你應該問他們。」

商鉅周刊的記者顯然不滿意這樣的答覆。

「S・R・T是一個新興宗教嗎？」

「不是。所有組織化的宗教都以某種藉口、某種信仰奴役人性。未來的未來，將不會有宗教，只會有靈性，靈性只需要體驗，不需要相信。靈性就是你的本來面目，如果你不願意知道自己，其他你所做的一切都無非只是逃避罷了。你或許可以擁有整個世界，卻永遠也不會滿足。

一個初生的嬰兒不會是某個教徒，他也不曾被任何的意識形態洗腦。他就是他自己，完美又不完美，如同生命本身。那就是耶穌所說的，若不變得如同小孩子一樣純真，就無法進入天國。」

上人的回答總是能完美、不著痕跡地置入自己的靈性洞見。

「上人您好，這裡是東盛新聞提問，請問你如何定義台灣人？以及台灣的民族認同？」

一聊到敏感的政治話題，偉華就不知不覺地冒冷汗，他看向上人。上人的雙手交疊在一起，緩緩閉上眼睛，進入冥想狀態，現場記者們不放過這個機會，拚命閃著鎂光燈。

就在偉華猶豫要不要宣布記者的提問到此為止時，上人睜開了眼睛。

「台灣人的天性，是純樸善良的。」

如幻上人的語氣和煦，卻無比堅定。

「但是欠缺思想上的主體性與創造性。我並不是在鼓吹任何新的意識形態，意識形態是荒謬的，同一個嬰兒誕生在美國，誕生在歐洲或亞洲，他將會被社會教育成各種不同的意識形態，意識形態無非是政客利用的工具罷了。只要不要陷入意識形態的鬥爭，以及過於勢利導向的教育，台灣人將發揮強大的創造力，創造出領先世界的模範社會。」

提問的記者認同地點點頭。

「您好國民時報，據說您發明的S．R．T冥想，需要一些呃……尖叫跟嘶吼的動作，這會不會在一般人眼裡看來有點奇怪，能不能跟我們解釋一下？」

「所有的冥想方法都是假的。從來沒有一個方法有效過，那就是為什麼需要冥想。在你的心中，攜帶了幾百萬年以來積累的無意識的烙印，這些負面能量構成了你的業力。為了幫助你釋放、擺脫業力的枷鎖，因此才需要冥想。當你開悟時，你會很驚訝，業力並不存在，冥想也毫無意義，真理的光芒是如此地耀眼奪目，你將會超越性、貪婪、憤怒與暴力等種種低俗的情染，離苦得樂，獲得絕對的自由。」

如幻上人幾乎不浪費任何一個字眼，也沒有多餘的肢體語言。

「上人您好，我是獨立記者祈美貞。我聽說加入S．R．T的教徒需要持誦某種咒語？而且教徒還需要跪在你面前祈禱，這不是其他宗教的門徒都會做的行為嗎？那麼S．R．T跟一般的宗教組織的差別在哪裡？你們這樣做，是不是在鼓吹個人崇拜？」

面對資深美女記者祈美貞連珠炮地犀利發問，上人點點頭，溫和地微笑回應。

「這個問題問得很好，我歡迎妳來參加我們的冥想課，等妳有了體驗之後再來下判斷，好嗎？」

「民族日報第二次提問，您怎麼看待台灣與中國的政治問題？」

「中國正在與世界為敵，它已經不是泰戈爾筆下那個溫文儒雅、愛好和平的中國了。我擔憂的是，中國共產黨對人性的不尊重，對自由聲音的壓制，為了發展經濟對大自然永無止盡的破壞與掠奪，將會嚴重地反噬自己。」

上人一氣呵成地表達自己的立場後，記者們開始交頭接耳討論著，就連上人的門徒們也彼此竊竊私語起來。偉華的胃突然一陣抽痛，他最擔心的事終於發生了。此時一名記者迅速舉手發問。

「您好國民日報再提問，請問你在這裡做的一切，究竟是為了什麼？」

由於國民日報是親中媒體，因此記者的措辭有些強硬，言下之意，是在諷刺上人「你是在刷存在感嗎？」

如幻上人再度陷入沉默，所有的記者都在等著看他如何接招。上人緩緩舉起雙手，用鏗鏘有力的聲音大聲疾呼：

「昨晚我做了一個夢，我夢見新人類的誕生，他們將擺脫業力的束縛，活出自己的光。沙特提出存在主義，但是他失敗了，因為他不知道如何轉化人們的意識，我的門徒不會失敗，他們將會改變這個腐敗的世界。」

這番振聾發聵的宣言，讓所有記者全都停止了發問。在場所有人，包含記者，全都表情嚴肅，深受震撼。上人笑了。

「你們怎麼這麼嚴肅？嚴肅是靈魂的癌，更多時候，生活只需要一點幽默感，還有……」

如幻上人一彈指，現場響起了饒舌音樂，如幻上人從沙發上跳起來，開始跳舞唱饒舌。

「啥鬼世界給我降多莫名其妙、意識形態、戰爭破壞大自然的我、不、想、要。造就腐朽、虛偽、墮落、假掰社會化的違反人性假、道、學。活著，只為了假笑？Oh。真是夠了夠了真是，如今的我只想返璞歸真，回歸宇宙靈性本體自由自在的大、真、我。」

所有記者都沒料到上人會來這一招，紛紛搶著拍照錄影。上人唱完一個段落以後，雙手彈指，現場所有的燈光突然暗下來，幾名門徒立刻幫上人換上另一套法袍。黑暗中，如幻上人的法袍發出五顏六色的光芒，饒舌音樂再度響起，上人又開始唱跳。

「讓我開悟，我要大解放，給我夏克緹，業力大爆炸。我要大解放，不是迷幻藥。嗡、嗡、嗡阿吽班札oh。等待果陀、等等等等待耶穌基督、佛陀、杜斯妥也夫斯基還有希臘左巴。尼采、羅素、沙特、直到維根斯坦也無法解決的very、very big cosmic life question（宇宙大哉問）

ya。」

台下所有的門徒全都大聲歡呼、跳舞、慶祝著。許多在Youtube前看直播的男男女女們，也跟著又唱又跳。突然，上人的雙手停了下來，音樂也立刻中斷，所有的燈光全都打開了，每位門徒都全都靜止不動。如幻上人緩緩高舉雙手，做出一個強而有力的姿勢吶喊著。

「重生吧。」

所有門徒都高舉雙手，齊聲吶喊。

「嗡阿吽班札。」

在台上的攝影師把攝影機搖到觀眾席，邊錄的同時按下了快門。那是一張如幻上人高舉雙手，台下觀眾舉頭仰望的廣角照片。

ఠ ఠ ఠ

國民統一黨立委許石誠服務處的辦公室裡，田雞正目不轉睛地盯著電腦上的上人演講直播，不時用紙巾擦擦眼淚。

工作認真的田雞很少在上班時看其他東西，有一天他替許石誠的Youtube頻道上傳影片時，意外發現上人的直播記者會。上人的演講以及批判中國的言論，都讓田雞感動不已，只要一有時間就不斷反覆重播。

田雞原本是具有強烈政治抱負的熱血青年，台大政治研究所畢業後三年，就在指導教授以及周遭友人的鼓勵下，獨立籌資借貸，競選無黨籍立委，指導教授甚至信誓旦旦的保證，會集結所有政界的人脈替田雞護航。然而，對自己的能力充滿信心的田雞居然意外落選了，還為此負了一大筆鉅額債務，從此一蹶不振，精神大受打擊……

在沉寂數年後，田雞在朋友的介紹下，到許石誠立委服務處擔任立委助理。

許石誠開出了一筆極為豐厚的薪資，足以讓他邊工作邊還債，至於政治理念是否契合，似乎已經不重要了，為了忘掉競選失敗的恥辱，田雞幾乎將所有的精力都投注在工作當中。當他發現如幻上人的演講後如獲至寶，再度點燃了他失落已久的政治理想。

此時許石誠正悠哉地照鏡子，模仿men's uno雜誌封面的男模，將濃密的黑髮全部往後梳，露出完美無瑕的美人尖，但許石誠左看右看，似乎還不滿意。

「這造型好像有點太古板了？還是留鹿晗的hair style？染成橘色如何？田雞？」

許石誠走向田雞，順手用力拍了他的頭，發現他正在看如幻上人的直播記者會。

「搞笑了現在，連宗教界都在搞live show，這玩意有人會看嗎？」

「老闆，有六十萬人在看。」

許石誠聽到「六十萬」時，對點閱率極為敏感的他，瞬間感受到一股被超越的羞辱感，儘管對方並不是他的政治對手。許石誠眼神銳利看著田雞，語帶嘲諷地說：

「So what are you doing now?」（所以你現在在幹嘛？）

「老闆，抱歉……」

田雞立刻慌亂把如幻上人的影片關掉，唯唯諾諾推了推眼鏡，繼續打政策研究報告。

ઇ ઇ ઇ

S·R·T的直播演講結束後，偉華接連好幾天都寢食難安。

這次的直播演講非常成功，但偉華顧慮的不只是這些，而是如幻上人的反中言論對門徒造成的影響……已經有好幾位在大陸投資、工作的商人門徒，因為上人的反中言論無預警退教了。剛剛買下的S·R·T總部還需要還清一筆巨額貸款及裝潢費，偉華為此懊惱不已，只好請示上人。如幻上人似乎對任何資金問題都不感興趣，僅僅用超然淡漠的口吻說著：

「做對的事，資金自然會進來。」

沒多久，中國流出了一則令全球怵目驚心的新聞。

五名雲南省的醫護人員在微信朋友圈爆料，某種類似SARS的新型冠狀病毒正迅速擴散，雲南的某間醫院內疑似有七八個醫護人員遭到感染隔離，爆料者還附上病人的檢驗報告截圖。不久後，這五名醫生立刻遭到中國官方以造謠的罪名逮捕了，但該信息與截圖卻透過PTT外流，甚至被台灣的衛福部官員發現，隔天就立刻開始進行防疫的超前部屬，在桃園機場進行檢疫。

幾天後，儘管中國官方極力封鎖消息，病毒大量擴散、感染人數迅速增加的消息卻不脛而走，開始有外國媒體將該病毒命名為「香格里拉病毒」。

儘管中國官方一再對外「闢謠」，甚至透過國際衛生組織（International Health Organization，簡稱ＩＨＯ）執行長湯達瑟宣布，該病毒並沒有明顯的人傳人現象，既可防可控，也不會造成大流行，世界各國不應停止飛往中國的航班，也不應停止與中國的商業貿易往來。

如幻上人知道這個新聞後立刻宣布，暫停所有的Ｓ．Ｒ．Ｔ聚會活動，並透過Youtube直播發表對此事的看法。

「我擔心香格里拉病毒，將會擴散到全世界。我呼籲台灣、以及全世界的政府必須超前部屬，做好防疫準備。」

上人除了大膽預測疫情的發展，還再次批評中國政府。

「中國共產黨壓迫新疆，壓迫香港與台灣，甚至壓制所有說出真相的人。」

上人第一次在鏡頭前，用嚴峻的語氣宣告著。

「各位，香格里拉病毒將會讓中國共產黨的醜態暴露無遺，中國人也將意識到，共產黨只關心如何用一帶一路的經濟戰術侵略、統御全球，他們重視權力勝於人命，我期待經歷這次的疫情之後，所有的中國人能徹底覺醒，反抗中共暴政，發出民主改革的第一聲槍響。」

上人直言不諱的演說震驚了兩岸。

親中的國民統一黨政治家們，不斷批判上人是破壞兩岸關係的罪魁禍首之一，中國共產黨也立刻將Ｓ．Ｒ．Ｔ列為與法輪功同等級的邪教。儘管如此，如幻上人依舊收穫了許多支持者的聲音，他批判中國的視頻甚至被ＢＢＣ與ＣＮＮ轉發。

國民統一黨的網紅立委許石誠，終於認識了如幻上人這位不容小覷的政治對手，他決定先發制人。

「如幻上人？呵呵，你不就是個看見黑影就開砲，製造民眾恐慌跟社會對立的神棍嘛。沒錯，我就是在說你。恬不知恥的神棍，你超能力那麼強，怎麼不讓病毒消失？ＩＨＯ都說沒事了就只有你在那邊搞事，你很喜歡刷存在感是不是？還是看到兩岸開打你才高興？」

許石誠指著iPhone鏡頭火辣開嗆了。

民主前進黨的資深立委劉國福身為上人的門徒，也絲毫不甘示弱，在辦公室第一次開直播替上人反擊。

「許大立委啊，講坦白的我就是上人的門徒啦，這裡是台灣耶，上人有他的言論自由啦，我建議政府這時候應該不分黨派，全力合作超前部屬，做好防疫準備才對，不要在那邊閒閒沒事做亂放炮。」

嘴巴漏風的劉國福，講出的台語反而有一種莫名的親和力。

隔天，立委劉國福在質詢行政院長時，強烈建議政府編列預算，購買製造口罩的原物料與機器設備。行政院長與衛福部疫情指揮中心專家團隊討論後，迅速達成共識，編列近兩億台幣的預算購買口罩製造機，更迅速向全世界進口製造口罩的原物料「不織布」。

一個月後，香格里拉病毒的攻勢如同烽火燎原，造成中國境內無數人民的傷亡，雲南的火葬場甚至二十四小時都在燃燒著屍體。中國的各大城市全都強制性或半強制進行封城抗疫。由於封城的手段過於殘酷，中國內部不時傳出反對、聲討共產黨的聲浪，但很快就被壓制住了，所有對中共提出質疑的中國人，全都「消失」了。

兩個月後，香格里拉病毒終於在中國獲得了控制，然而官方的死亡以及染疫人數，卻始終遭到全球質疑。中共官媒不放過任何洗白的機會，立刻向國際媒體大肆宣傳，因為中國的防疫成功，全世界才免於遭到該病毒進一步的荼毒與傷害，因此「全世界都應該感謝中國。」

此時，可怕的第二波疫情卻開始了，香格里拉病毒迅速地在歐美世界爆發大流行，造成全球死傷無數。為了逃避究責，中共官媒開始強勢宣傳「香格里拉病毒的源頭，並非來自中國，而是來自美國流感」。只要聽到反對或質疑的聲音，中共官媒皆強硬反駁，並拒絕任何國際組織進入雲南調查。

中國一連串「戰狼外交」的舉措，反而讓自己的國際聲望不斷下滑、跌到谷底，成了全世界的眾矢之的。國際衛生組織總幹事湯達瑟，也因為不斷護航中國疫情的言論，被世界各地的網友戲稱為湯書記，國際衛生組織ＩＨＯ也被全球網友戲稱為中國衛生組織ＣＨＯ。

從台灣政府開始進行邊境防疫管制起，已經過了四個月。

這段病毒蔓延的日子，全球死傷程度之慘烈，被喻為第三次世界大戰。而台灣在很短的時間內超前部屬防疫，備好足夠的口罩酒精等重要防疫物資，嚴格實施邊境管制等作為，將病毒引發的傷害降到最低，再加上無私捐贈口罩幫助鄰國的友善行徑，讓一向處在國際弱勢的台灣，一躍成為全球讚譽的防疫模範生。

這段期間，政府開始對民眾祭出紓困基金，卻因為經驗不足，設定了種種苛刻駁雜的申請限制，導致民眾怨聲載道。某天上人在直播演講時，用一種語調柔和的台語腔談到這個問題。

「如果我們的政府，能夠將紓困基金的門檻降低，甚至沒有門檻，首先，花的錢並沒有更多，但行政成本降低很多。第二，政府被人民信任，疫情過後我們當然要拚經濟，民心就是讓經濟復甦最大的動力。當你無條件、無差別的分享，就沒有人會被政府歸類為較為低等的，較窮的，沒人的尊嚴會被剝奪，被羞辱，就這點來講，我反對現行紓困基金的作法。分享就是一種力量，無條件、無差別的分享，你就會獲得更多。我們的政府防疫做得很好，很完美，但我們要讓紓困做得更好。」

如幻上人這番中肯的台語直播演講，被許多民眾不斷地轉發，甚至行政院長也因此表態向民眾道歉，並將紓困基金的門檻大幅降低，幾乎成了全民大撒幣。

如幻上人因為一連串充滿智慧的言論與預言，被所有台灣媒體喻為先知，有的媒體甚至封他為百年難得一見、充滿幽默與智慧的開悟大師。

由於台灣疫情控制得當，引發了台商回流潮，台灣經歷了近十年來最強大的投資熱潮，成為全球少數疫情期間經濟逆勢成長的國家。這陣子全台灣都瀰漫著樂觀自信的氣氛，這股氣氛，讓身為S．R．T宣傳部執行長的偉華，每天工作都充滿著不明所以的活力與朝氣。

S．R．T宣傳部辦公室的牆上，高掛著如幻上人張開雙手，迎接信徒的廣角照片。偉華從宣傳部琳瑯滿目的書架上拿起安迪•沃荷的名人藝術肖像畫冊迅速翻閱著，找到他最愛的披頭四肖像畫後，立刻指示從事服裝設計的門徒，將印有上人肖像畫的T恤，借鑒披頭四肖像畫的色彩與風格來設計。

「達摩師兄，我們要聯繫哪家出版社呢？」大學剛畢業就加入S．R．T宣傳部的女門徒，用嗲聲嗲氣的聲音問著。

偉華喝了一口頂級貓屎咖啡，坐在旋轉辦公椅上用力轉了一大圈後，雙腳踩地時立刻拍板定案。

「出版社？我們自己就是出版社，就叫S．R．T出版社好了。等等幫我找一下合適的印刷廠，還有誠品的銷售通路，封面一樣，安迪沃荷。」

上人的演講，早已被多家出版社爭相邀約出書，其中不乏知名的大出版社，但偉華深信上人的書必定會暢銷，那為什麼不由自己來主導出版呢？

資金充足，再加上上人讓他主導所有宣傳部的工作，讓偉華的想像力猶如七彩噴泉般源源不絕湧出，他甚至想將上人的故事拍成電影，寫劇本申請輔導金，親自執導，甚至主演其中一個角色，這是偉華的宏願之一。

印刷廠裡，以如幻上人為封面的書不斷被大量覆印出來。

書籍封面有如幻上人彈著電吉他、嘻哈風格的照片，如幻上人戴著時尚墨鏡講道的照片、如幻上人實施夏克緹的照片等等。書名有《叛逆的開悟者》、《覺醒的光輝》、《星靈界語錄》等等，這些書籍大部分都是上人的即席演講整理出來的。全台灣的書店都貼滿了如幻上人的肖像與新書海報，所有的書籍甫一出版就搶售一空。

沒多久，在西門町逛街的年輕男女們，越來越多人穿著印有如幻上人肖像的紅色T恤逛街，引來娛樂媒體女主播的採訪。

「大家可以看看……哇。這麼多年輕人身上都穿著同款的T恤，如幻上人最近真的很夯齁。他的門徒除了年輕人以外，還有很多來頭不小的大人物喔。他們為什麼會這麼相信上人呢？讓我們來聽聽他們怎麼說。」

「他很潮很fashion，而且我不知道該怎麼說，他身上有種神祕的魅力。」

文青打扮的女大學生由衷地說，她身邊的朋友也贊同地點點頭。

「沒什麼好說的啦。一句話，不管你信不信，反正我信了。」

一個染金髮的男屁孩講完後，面對鏡頭扮鬼臉，比出搞怪的手勢。接著鏡頭搖向旁邊，帶到正在散步的劉國福。

「咦？那位不就是……等等，等一下。」

女主播踩著高跟鞋用小碎步跑著，一把抓住劉國福。

「哇，真想不到在西門町也可以捕獲到我們最可愛的劉立委耶……」

「大家好。」

劉國福表情有些靦腆地對鏡頭打招呼。

「劉立委能不能跟我們分享一下，如幻上人究竟有什麼與眾不同的魅力呢？」

「呃……其實我的感覺啦，上人為了渡眾生不遺餘力，他的講道很貼近現在年輕人的心聲，這也是我們民主前進黨的訴求啦，如果我有機會連任的話，也會跟年輕人好好學習。他們才是台灣的希望與未來。」

「劉立委，您是否有考慮過競選黨主席呢？」

「謝謝、謝謝……大家辛苦了。」

劉國福刻意避開這個敏感話題，快步離開。

彷彿設計好的走位般，鏡頭迅速地轉向了偉華與蔓詩。兩人都穿著同款的如幻上人肖像T恤，偉華整個身心狀態都處於「揚升期」，他說話的口條，流利得堪比業績爆表的一線銷售員。

「真心希望更多朋友能加入我們S・R・T，各位，在我身邊的就是最近很紅的舞蹈家林蔓詩，法名瑞塔娜。」

「大家好。」

「瑞塔娜，能否跟大家分享妳的經驗呢？」

「嗯……其實我之前的舞蹈事業浮浮沉沉，就在信了上人以後，當然再加上勤奮的練舞，不到半年我就當上女主角了，感恩上人，讚美上人，沒有上人，我不知道現在……對不起……」

蔓詩面對鏡頭真摰表白後哭了起來，鏡頭特寫了蔓詩的眼淚之後，順勢轉向偉華。偉華立刻用快速張揚的語調與極浮誇的手勢，對著鏡頭大聲疾呼。

「謝謝瑞塔娜感人的分享，讓我們再一次見證到上人的奇蹟。各位。想改變你的一生嗎？請來聽如幻上人的演講，但要真正得到靈性的蛻變，最重要的還是要參加我們的冥想課喔。一套入門課程，聽好了，只需要九萬九千九百九十九，如果您覺得貴，沒關係，我們還有分期付款方案，20期零利率。一套課程改變你一生的命運，請掃碼關注我們的粉絲專頁S・R・T，Soul、Reborn、Training，讓你的靈魂獲得重生。」

ૐ　ૐ　ૐ

天上飄盪著厚重的積雨雲。

風很大，雲朵飄盪的速度極快，潮濕的空氣瀰漫著一股青草味的芬芳，周遭的芒草搖曳著。如幻上人緩步走在山坡上，涼爽的強風颯颯吹著，他那金色的波浪捲長髮與一身白袍也暢快地隨風起舞。此時上人的身邊沒有任何人，他心滿意足地撫摸著搖曳的芒草，走到七星山頂，俯瞰整個台北市。

突然間，夕陽的光芒從濃郁厚重的積雨雲層裡滲透下來，將積雨雲渲染成層層疊疊的金橘色。芒草也在夕陽光的照耀下，幻化成一大片搖曳生輝的金黃色波浪。只有在某個特殊的、偶然的剎那，長年守護著台北盆地的七星山，才會散發出如此獨特而神祕、不為人知的美。

上人被眼前的美景震撼了，彷彿受到啟示般，此刻他的心中，湧現了一連串生動逼真的幻境。

如幻上人從白色勞斯萊斯走出來，面對成千上萬的門徒雙手合十打招呼，受到門徒們的熱烈歡迎。

蜂擁的人潮虔誠地跪坐在上人身邊。上人不斷地按摩美女門徒的眉心，門徒們手牽著手，夏克緹能量如同電流般，穿過他們之中的每一個人，所有門徒的身體如同波浪般搖擺，發出喜悅的呻吟聲……

如幻上人在聯合國，面對著來自全球各地的門徒以及各國政要演講，演講的內容被同步翻譯到全世界，台下各國政要們全都雙手合十，喜極而泣……

上人閉上眼睛，感受到自己的靈體逐漸膨脹，大到容納整個地球、整個銀河系，甚至整個宇宙。

太陽即將下山，天空在數分鐘內由橘紅色逐漸轉為暗紫色，台北市亮起了萬家燈火。上人睜開眼睛，看見眼前飄浮著一朵巨大無比、火紅色的蕈狀雲，正迅速擴張，籠罩整個台北市。上人緩緩張開雙手，目不轉睛地凝視蕈狀雲，天空迴盪著轟隆轟隆的悶雷聲。

一道巨雷打下來，如幻上人慈祥和藹的眼神慢慢變了。

第五章　業力枷鎖

蔓詩與眾舞者們，正在台北世紀芭蕾舞團的舞蹈教室裡，做著練舞前的暖身操。

台北世紀芭蕾舞團成立於公元兩千年，一向以古典芭蕾舞舞者的水準提升為目標，在挑選舞者上是業界出了名的嚴格與高標準，能夠進入該舞團並且擔任女主角的舞者，基本上就代表了在台灣芭蕾舞界的最高榮譽。然而台灣對芭蕾舞的重視程度普遍不高，再加上之前香格里拉病毒肆虐全球，許多的國內外演出邀約都取消了，導致舞團的營運出現赤字。因此疫情過後，舞團總監無不想方設法，再次提升舞團在台灣的能見度。

「集合了、集合了。」

舞團總監拍拍手，號召舞者們。

所有舞者集合在一起後，大家發現葉夫格尼教授走進教室裡，所有舞者都訝異不已。葉夫格尼教授之前在台灣執導《天鵝湖》芭蕾舞劇大獲成功，被台灣的粉絲們尊稱為「葉教授」。如今葉教授剃去棕色鬍鬚後，看起來更加年輕俊美，一頭濃密的棕色捲髮，神似年輕時期的英國影星休葛蘭。

舞團總監與葉教授用俄語溝通之後，將葉教授的新計畫翻譯給舞者們。

「由於台灣觀眾的熱情反饋，葉教授執導的下一部舞劇決定在台北首映。這次舞劇的題材是伊果・史特拉汶斯基的代表作《火鳥》。」

《火鳥》是讓二十世紀俄國作曲家伊果・史特拉汶斯基一戰成名的經典芭蕾舞劇，也是二十世紀初俄國現代芭蕾舞劇的早期代表作之一，對飾演《火鳥》的主角來說，肢體需要極強烈的節奏感與戲劇張力，表演難度極高，許多著名的芭蕾舞大師都編排過自己的《火鳥》版本。

「葉教授打算突破傳統，將音樂的元素降到最低，所有的表演都會聚焦在舞者身上。因此葉教授希望由最有天賦的女舞者飾演火鳥，搭配俄國來的男主角進行演出。演出結束後，葉教授希望這名幸運的舞者，可以來俄羅斯國家古典模範芭蕾舞團學習。」

所有舞者都興奮地彼此交頭接耳。

「頂尖的芭蕾舞團耶、好想去、我也是……」

葉教授示意大家安靜下來後，直接用英文切入重點。

「Because of the tight rehearsal schedule, now I will announce the actress who plays the role Жар-птица......」（由於排練行程會很緊湊，現在我就要宣布，飾演火鳥的女演員……）

現場充斥著緊張氣氛，女舞者們滿懷期待地看著葉教授，所有的女舞者幾乎都感覺到自己的心臟要跳出胸腔了。蔓詩也不例外，儘管每一場芭蕾舞劇的選角，都得經歷這個充滿煎熬的時刻，但這次不同，這次的選角可以決定一個舞者的未來，是否有機會蜚聲國際。蔓詩尤其有感，她已經二十九歲了。此時蔓詩偷偷瞄了小p一眼，發現小p也在看她。

葉教授的眼神掃描了眾舞者，享受著這充滿權威感的時刻後，大聲宣布。

「Ratana!」（瑞塔娜）

聽到自己的名字，蔓詩雙腳一陣癱軟，退了好幾步，緊張地倒抽一大口氣，完全不敢相信自己再度中選。她興奮地幾乎要暈厥了。

「Congratulations! You can interpret the flawless white swan, hoping you can interpret unique Жар-птица.」（恭喜妳。妳能詮釋完美無瑕的白天鵝，希望妳能詮釋獨一無二的火鳥。）

葉教授為蔓詩鼓掌，周遭的女舞者們似乎有些心不甘情不願地跟著拍手，除了小p以外。

小p跑過來真摯地擁抱蔓詩，蔓詩的眼角不經意地瞄著四周，發現女舞者們都以充滿懷疑與妒意的眼光看著她。

「蔓姊，恭喜你。」

「另外，為避免臨時狀況，葉教授還需要另一名備用舞者。」

舞團總監用一種冰冷、毫無情緒的表情說著，一生見證過許多舞者的崛起與殞落的她，早已對這樣的場面司空見慣，畢竟她自己也曾經在那戲台上風風火火地演繹著當局者迷。

台北世紀芭蕾舞團的不成文規定之一，主角與備用舞者受到的待遇與訓練相同，而且導演有權力在最後一刻撤換主角，換上備用舞者。

「Poppy! You are also very excellent!」（小p。妳也非常的優秀。）

葉教授宣布小p成為備用舞者後，蔓詩看著小p，內心湧起難以言喻的複雜情緒。

ஐ ஐ ஐ

一輛白色琺瑯烤漆的勞斯萊斯Culliman駛進地下停車場，偉華忐忑不安地坐在勞斯萊斯後座，他第一次乘坐這麼高貴的車款，還尚未習慣椅座濃郁的皮革味。偉華發現整個地下停車場都停滿了昂貴的名車，銀色的賓士、火紅色的藍寶堅尼、一些他無法辨識的名貴車款等等……

一名理著小平頭，單眼皮，外表其貌不揚的男子幫偉華提行李，進入白淨寬敞的高級套房，他是戈文達，是上人指定給偉華的司機兼助理。

偉華即將入住的高級套房是上人為偉華配置的新住所，裝潢堪比五星級旅館的總統套房，該有的設備一應俱全，離S．R．T總部也只需要十分鐘車程。

「達摩師兄，還有什麼需要幫忙的，請儘管吩咐。」

「沒事了，你先回去吧。對了戈文達，明天十點到就行。」

戈文達恭敬地合掌四十五度鞠躬後轉身離開，偉華終於鬆了一口氣。戈文達語氣畢恭畢敬、不時語帶諂媚的態度，讓偉華第一次見到他就皺眉，但因為他是上人指定的，偉華不便表示太多意見。

戈文達離開後，偉華用力一跳，在柔軟的大床上縱情翻滾。他似乎想到什麼，從行李當中抽出一張瓦昆．菲尼克斯的海報。偉華端詳著海報，表情充滿希望，他為上人做了這麼多，就是為了累積福報，完成夢想，成為像瓦昆．菲尼克斯一樣偉大的演員。與此同時，他想起另一個美夢，偉華小心翼翼地從行李中拿出一張卡片，那是當初蔓詩邀請他看芭蕾舞表演時寫給他的邀請卡，偉華仔細閱讀後，將邀請卡放在桌上最顯眼的位置。

他望著四周，這個大房間，眼前的這一切就像一場虛幻的夢……

「有錢有房有車，還有貼身助理……難道成功的感覺就是這樣嗎？」

「難道上人走紅以後，我的演員夢就會實現嗎？蔓詩……她真的會愛上我嗎？」

偉華內心湧現了一連串問題，突然感到前所未有的空虛感，他深呼吸一口氣後再度撲倒在床上，努力說服自己要繼續相信上人的安排。

傍晚，位在台北１０１大樓附近的君茗酒店特殊包廂裡，偉華與上人以及蔓詩、高保、民主前進黨立委劉國福，一起喝紅酒，吃牛排，周遭的擺設雕梁畫棟，十足地洛可可中國風。偉華剛到時，看見酒店老闆熱情地向上人介紹著一幅掛在牆上的山水畫，信誓旦旦地宣稱那是黃君璧的山水畫真跡，並自豪地表示周遭的擺設全都是真品古董。

幾個高腳杯彼此碰杯，如幻上人與劉國福都喝醉了，偉華與蔓詩都不擅飲酒，只能淺酌相陪。高保則滴酒不沾，用麥香紅茶代酒，他一如既往地板著臉孔，清醒地覺察周遭的狀況。

「目前門徒有多少人？瑞塔娜、瑞塔娜？」

上人醉意朦朧地詢問，但蔓詩似乎沒有聽見，偉華推推她的肩膀後，蔓詩才回神。

「上人，起碼三十萬人，人數還在增加中。」

「達摩克爾提，你做得很好。來，我敬你。」

看到上人舉杯，偉華慌張地與上人乾杯。

「弟子不敢。望上人的法早日傳遍世界。」

「萬事順其自然，勿操之過急。來，也敬我們的劉大立委，為我們保駕護航。」

「哎呀都老同學了客氣啥哪。你的成功就是我的成功嘛。你看，未來我有什麼需要，還得請老同學多多幫忙啊。」

偉華注意到劉國福講話的口音不太一樣，不再是電視上充滿親切感的「漏風台語」。上人的口吻也與平時大不相同，變得像是殷勤款待老客戶的企業家。

「那有什麼問題。記得我跟你說過嗎？搞定年輕人就能搞定全台灣。來來來，敬未來。」

所有人再度碰杯，偉華看著如幻上人與劉國福互動親暱，隱隱約約感到不舒服，他一向厭惡政治，更不想與政治人物打交道。

此時劉國福，起身朝著偉華與蔓詩舉起酒杯。

「正所謂英雄出少年……不對，還有美女……唉不管怎麼說我們都有年紀了，台灣的未來就交給你們啦。來，達摩桑，瑞……瑞小姐，我敬你們一杯。哈哈哈。」

劉國福開懷大笑，露出嘴裡的金牙，偉華終於明白劉國福口音「扶正」的原因了，當劉國福熱情地起身與偉華蔓詩乾杯時，偉華聞到了一股淡淡地、奇特的腥臭味，偉華不自覺地以手掩鼻。

如幻上人儘管醉了，卻依舊保持著敏銳的覺察力，他注意到了蔓詩的異狀，一邊細細品嚐著紅酒，一邊用充滿穿透力的眼神盯著蔓詩，試圖看透她的心思。

「俄羅斯？」

「是的。感恩上人的加持，讓弟子獲得這樣殊勝的機會。」

蔓詩頂禮跪在上人面前，用誠摯的語氣說著。

飯局結束後，蔓詩主動求見上人，將自己即將去俄羅斯學舞的事稟告上人。

此時如幻上人早已換了新房間，新房間幾乎全是白色調，布置得相當有「未來感」。許多家具都是流線型的線條，連燈光也被設計成流線形，巧妙地鑲嵌在牆面裡。如幻上人雙手高舉，台下觀眾舉頭仰望的廣角照片被放大，用相框框起來，掛在房間牆上。

「什麼時候演出？」

「八月二十四號。」

蔓詩低著頭說著，但是上人沒有回應。她一抬頭，發現上人神情嚴肅，慍怒溢於言表，蔓詩儘管疑惑，卻只能低下頭繼續說。

「祈、祈求上人保佑弟子瑞塔娜，未來在俄羅斯的舞蹈之路能夠……」

「瑞塔娜！」

蔓詩被上人充滿威嚇感的聲音嚇到了，她低下頭不敢再吭一聲。

如幻上人緊閉雙眼，進入沈思，不久隨即張開眼睛，他走向蔓詩，輕輕地撫摸起蔓詩的臉頰，語氣再度緩和起來。

「我一直很關心妳，妳的靈性成長正在最關鍵的時刻，現在離開是不合時宜的……」

蔓詩明白了上人這句話裡的暗示，她的臉龐，瞬間閃過一抹驚恐。

❦ ❦ ❦

五月二十八日的滿月之夜，在苗栗某杉樹林露營區的空地上，燃燒著熊熊營火。

營火前放了一個寶座，上面披著老虎皮，如幻上人穿著白袍，頭上戴著印度風格的白色頭巾，手裡拿著鑲滿珠寶的禪杖坐在寶座上，目光炯炯有神。

現場除了偉華與蔓詩之外，只有十幾位上人的門徒。門徒們全都穿著紅袍。從他們身上配戴的珠寶首飾可以看出，幾乎全是有錢的名流。所有人圍繞著上人打坐，現場一片寂靜，營火燃燒時的劈啪聲顯得特別清晰。

如幻上人凝視著滿月許久後，舉起禪杖用力撞了地面，發出沉沉的鏗鏘聲。

「今晚，是威薩克滿月。在這個殊勝的日子裡，佛陀與耶穌的意識能量將會降臨地球，加持所有的修行人。我決定選在這天，將更高階的夏克緹能量賜給少數選中的門徒，你們就是那些被選中的人，未來都必須協助我管理教團。」

「夏克緹」這個字眼就像魔法，「少數派」門徒們的眼睛全都頓時發亮，充滿渴望。偉華身在其中，感到興奮不已，他的頭髮留得更長了，臉龐周遭也多了一圈絡腮鬍，看起來更像是一名神祕主義者。

上人在搬遷到新的總部之後，就很少再對門徒使用夏克緹能量加持，僅僅要求門徒從事S．R．T冥想，上人給出的理由是這會讓門徒產生依賴的想法，有礙修行的進步。但是所有體驗過夏克緹的門徒們，都無不渴望那心醉神迷，彷若嗑藥般的靈性體驗，S．R．T冥想的效果，畢竟沒有夏克緹加持來得快速、強而有力。

在資深門徒繪聲繪影的傳播下，沒有經歷過夏克緹加持的新人門徒，對此更是充滿了好奇心，就好像那是特權階級才能享受到的「恩典」。

上人再次舉起禪杖用力撞擊地面，眾門徒集體禮拜上人。

「嗡阿吽班札。感恩上人、讚美上人。」

「今晚，誰想要開悟？」

所有門徒都舉手了。

「我、我……」

「在開悟儀式之前，我要你們懺悔自己的罪，未來你們必須完全臣服於我，聽我的命令，否則你們將失去所有的修行。過往的業力也會纏身爆炸，明白嗎？」

「明白。」

蔓詩雖然這樣喊著，但內心有些猶豫。如幻上人厲聲喝道。

「懺悔吧。」

「南無如幻上人，弟子罪孽深重，懇請如幻上人加持弟子，消解業障，開悟解脫，離苦得樂，嗡阿吽班札……」

森林裡迴盪著門徒充滿韻律感的誦咒聲，一名中年男門徒起身上前禮拜上人，說了些讚美上人的感悟，偉華沒有聽清楚他說了什麼。上人將禪杖傾斜，禪杖的頂端輕輕地碰觸了男門徒的眉心後，男門徒的全身痙攣發抖，興奮地狂笑之後起身離開，步伐踉踉蹌蹌猶如喝醉了酒。當那名男子跌跌撞撞地經過偉華身邊時，偉華認出，他就是知名的銘神科技集團創辦人傅銘山。

「上人給了我自信，信了上人以後，我的躁鬱症從此不藥而癒。感恩上人，讚美上人，嗡阿吽班札。」

一名長相艷麗的女門徒穿著艷紅色、半露酥胸的特製長袍頂禮如幻上人。接受上人的加持後，女門徒搖頭晃腦，不顧形象地跳起舞來，大聲尖笑後快速跑開。偉華覺得這名女門徒很眼熟，突然想起她就是三年前紅透半邊天，據傳因為憂鬱症淡出歌壇的歌手季百娜，偉華事先只收到祕密通知來到杉樹林，沒想到今天出席的門徒都是赫赫有名的名流，他與蔓詩都不算是有錢的名流，卻都在受邀之列，讓偉華倍感受寵若驚。

「我沒什麼好說的，信了上人，我第一次感受到什麼是活著。感恩上人、讚美上人，嗡阿吽班札。」

輪到偉華時，偉華虔誠頂禮上人後，用無比真摯的語氣說著。

上人相當滿意偉華的回答，他微笑點點頭，用禪杖輕輕地碰觸偉華眉心。剎那間，偉華看見眼前被一道道的白色光暈所籠罩……

一股白色的，彷彿電流般的能量從禪杖中竄出，迅速灌入偉華的眉心，這股能量瞬間讓偉華感到亢奮無比，彷彿全身細胞的每一粒原子都覺醒了。

偉華渾身上下都充滿著強烈的、極致的喜悅。他感到如癡如醉、起身離開後步伐踉蹌地走著。他看到周遭每個人身上，都散發出五顏六色的光芒，每一片草葉的顏色，都變得比平時更加鮮綠，甚至發出屬於自己的震動與聲音，偉華篤定，草葉們正在彼此對話。整個宇宙都是有生命的，發出神祕的嗡嗡聲。

偉華豎起耳朵，更加仔細地傾聽，那神祕的嗡嗡聲越發地飄渺悠揚，穿透了時間與空間，偉華感覺到自己的靈魂也突破了肉身的侷限，擴張到無限大、無限遠。整個宇宙的過去、現在、未來排列成一幅無比壯麗、結構嚴謹的織錦畫，呈現在偉華眼前……

暈頭轉向的偉華，試圖在腦海裡拼湊所有可用的字彙定義眼前的經驗……

「整個宇宙萬物，都是由那神奇的嗡，或者由歡悅的、跳著舞的、帶電的充滿意識的量子，或者由無限的、燦燦發光的愛所組成。無遠弗屆，無始無終。」

除此之外，偉華完全找不到任何字眼可以描繪當下的感受了，所有的措辭都是憋腳的、多餘的。

「這就是開悟嗎？這就是開悟嗎？天啊、天哪……太美了、太棒了。操！」

偉華情不自禁地嘶吼，喊出開悟的宣言，然而在旁觀者眼裡，偉華一句話都沒說，只是張大嘴巴咿咿呀呀，喃喃自語著。

所有被禪杖碰觸眉心的門徒都如癡如醉地走著，笑著、彼此擁抱著，有的門徒趺坐在地上，搖頭晃腦憨笑，神祕的宇宙能量澈底使他們醉了。蔓詩看到偉華等人陶醉的表情，既害怕又充滿期待。輪到蔓詩時，她緩緩跪在上人面前，正要說出自己對上人的感悟時，上人舉起禪杖用力撞擊地面。

「瑞塔娜，妳是否準備好全然臣服於我？」

蔓詩明白，這句話藏著其他意思。早在兩個禮拜前，她就請示過上人，自己可能要去俄羅斯學舞。蔓詩滿心期待著能獲得上人的祝福，卻意外遭到上人嚴詞拒絕。

「我、我……」

蔓詩眼神猶豫、充滿恐懼，頭也越趴越低，一頭烏黑發亮的長髮披散在草地上。如幻上人將禪杖放在一邊，輕輕捧起蔓詩姣好無瑕的鵝蛋臉。

「是誰治好了妳的恐懼、焦慮、憂鬱？」

上人的語氣無比溫和，表情卻不怒自威。

「是您。」

「是誰賜給妳夏克緹？」

上人的口氣越來越嚴峻。

「是您，可是……如果我放棄這次機會……」

如幻上人聽到蔓詩的答案後臉色更加不悅，湛藍色的眼珠炯炯有神，直盯盯瞪著蔓詩，蔓詩眼中泛淚，聲音越來越哽咽，再也說不下去了。

如幻上人再次舉起禪杖，更加用力敲擊地面。

「妳還沒準備好！」

蔓詩被上人這句話嚇到了，立刻回神不再猶豫。

「不，弟子準備好了。弟子瑞塔娜罪孽深重，願生生世世服從上人，請上人賜予弟子開悟，嗡阿吽班札、嗡阿吽班札、嗡阿吽班札……」

蔓詩絕望崩潰，不斷合掌禮拜上人，身軀上上下下歇斯底里地晃動。如幻上人嘴角微微上揚，欣賞著蔓詩瘋狂的舉動。

「走開。」

蔓詩悲傷地在森林中走著，周遭的人都陶醉在開悟的喜悅當中，男男女女們彼此擁抱、接吻，高保依舊神情肅穆地守在上人身邊，漠然地凝視這一切。

偉華的步伐有些跌跌撞撞地走向蔓詩，此時蔓詩正趴在樹上，低聲啜泣。偉華看見蔓詩身邊，繚繞著詭異的黑霧。

「蔓，怎麼了？妳的能量好暗。」

「上人說我還沒……沒資格得到開悟。為什麼？」

蔓詩終於忍不住崩潰大哭。

偉華的眼神朦朧地看著蔓詩，他緩緩將手放在蔓詩肩膀上。偉華深信他身上的開悟能量，能透過手傳遞給蔓詩。

「沒事，沒事的。」

「我好怕、我真的好怕……」

哭泣的蔓詩反而為她增添了一股脆弱、淒絕的魅力，勾起了偉華的慾望。

「我會幫妳的，我保證。」

偉華輕聲細語，就像被一股無意識的力量牽引般，嘴唇漸漸靠近蔓詩的臉頰，偉華被開悟能量帶來的振奮感鼓舞著，他深信蔓詩不會拒絕他。

「相信我。」

偉華即將親吻蔓詩時，卻發現蔓詩有意無意避開著他。偉華從迷醉的狀態中逐漸恢復理智，表白的話梗在喉嚨裡說不出口，他猶豫不已，突然用力抱緊蔓詩，這已經偉華最大程度的表露心跡。

隔天，蔓詩照例在舞蹈教室練習火鳥的關鍵性舞步，就好像昨晚的事從沒發生過似的，但恥辱與愧疚早已讓蔓詩一夜無眠。葉教授在一旁嚴肅地檢視蔓詩的每一個動作，蔓詩越來越疲憊，昏昏欲睡。

「妳還沒準備好！」

蔓詩聽到上人的聲音，就在耳畔邊繚繞著。此時，一個旋轉的動作讓蔓詩失去平衡，差點摔倒。葉教授捏捏高挺的鼻梁後用力拍了自己的額頭，嚴肅指責蔓詩。

「What's the matter ,Ratana? Was your soul taken away by the black swan?」（瑞塔娜？怎麼回事？妳的靈魂被黑天鵝帶走了嗎？）

平日和藹，充滿紳士風度的葉教授，在訓練舞者時卻彷彿變了一個人，一絲不苟，非常嚴厲，當葉教授拍自己的額頭時，所有舞者都知道，這暗示著葉教授的情緒已經到達臨界點了。

蔓詩只能閉上眼睛深呼吸，打起精神，繼續練舞。

練習結束後，蔓詩走向寄物櫃，在過道上習慣性地跟其他舞者點頭打招呼，但是大部分的舞者們都在看手機，彼此討論、竊笑著，不時偷偷瞄著蔓詩。蔓詩不以為意，她單純地解讀舞者們的反應，是因為自己再度蟬聯芭蕾舞劇的女主角所引發的一連串妒意，尤其是這次《火鳥》的女主角徵選，足以改變一位舞者的未來。

當蔓詩打開寄物櫃拿出包包時，小 p 快步走到蔓詩身邊，神色憂慮地看著蔓詩。

「蔓姐，妳沒事吧。」

蔓詩疑惑不解地看著小 p。此時，幾乎所有舞者的手機，都在彼此傳閱著狗血的新聞頭條。

「如幻上人深夜在苗栗森林露營區舉辦性愛party。」

「上人發功啦！舞蹈家林蔓詩，表情詭異，全身瘋狂『超自然震動』。」

偉華與蔓詩擁抱、門徒們彼此擁抱親吻、蔓詩瘋狂地晃動禮拜上人的舉動，全都成了新聞畫面。

第六章 崩毀

「說好今天都要陪我的，把鼻又騙人。哇……」

關鍵爆料的主持人班傑明的手機畫面裡，一名五歲女孩皺眉哭了，哭泣的模樣惹人憐愛。

「琪琪乖喔。把鼻要工作，才能買禮物給琪琪啊。琪琪生日快到了，把鼻答應妳，妳要什麼把鼻都買給妳……不會，把鼻發誓。騙琪琪的話，把鼻的鼻子就變成大象那麼長喔。」

週六下午五點整的東盛電視台，班傑明坐在梳化間裡，一邊吃著節目組提供的奮起湖便當，一邊安撫著女兒琪琪的情緒。儘管每個禮拜五天有三天晚餐都是吃奮起湖便當，但是班傑明依舊百吃不厭，特別是蒜味香腸口味。

吃完便當後，化妝師立刻上前幫他梳化，班傑明就趁這短短的幾分鐘之內迅速瀏覽企劃稿及相關資料。班傑明的造型十幾年如一日，標準的七三分油頭配上名牌黑西裝，他主持《關鍵爆料》這個特別的情境式新聞談話節目已經十三年了，辛辣火爆、充滿戲劇性的口條，再加上無所不包的題材，從飛碟外星人一路講到香格里拉病毒與政府陰謀論，讓班傑明主持的《關鍵爆料》往往成了電視台的收視保證。由於如幻上人的新聞實在太聳人聽聞了，製作人特地召回班傑明主持周末版的關鍵爆料，當然也附帶一筆可觀的加班費。

節目準時於下午五點四十分開錄，導播讀秒後，班傑明立刻以迅猛俐落不囉嗦的節奏開場白。

「大家好。歡迎來到《關鍵爆料》，我是班傑明。最近大家都聽說上人又發功啦。更誇張的是，就連他的名流門徒們，特別是……來導播我們看這段，一群赫赫有名的台灣名流們都在苗栗的某森林露營區裡開起了性愛party，有銘神科技的董事長傅銘山，還有歌手季百娜，我覺得最有趣的就是舞蹈家林蔓詩這段了，竟然對著上人進行了所謂的超自然震動。這到底是怎麼回事呢？」

班傑明身旁放著一個巨大的電視螢幕，播放著蔓詩不斷合掌禮拜上人，身軀上上下下歇斯底里晃動的影像，以及名流門徒們彼此擁抱親吻的畫面。班傑明逐一介紹所有的出席來賓後，緊接著電視螢幕畫面一轉，秀出一張如幻上人坐上勞斯萊斯，一群門徒雙手合十恭送的照片。

「我們來看看這張相片，如幻上人進出S・R・T總部都用勞斯萊斯代步。可以說是相當的拉風。上人的門徒，最保守估計起碼有三十萬人，而且當中有很大的一部分是台灣的菁英階層，究竟他有什麼本事，可以做到這樣呼風喚雨呢？來，黃暢邱，你怎麼看？」

站在電視螢幕旁的財經專家黃暢邱開始比手畫腳，手不斷滑著觸控式螢幕，口沫橫飛地爆料著。

「這些靈性導師他們口才肯定要很好，再加上刻意包裝出來的人格特質，他讓門徒覺得自己的存在是特別的，是被關注的，滿足了現代人內心空虛的需求嘛。正所謂有需求就有供給，你需要存在感，我給你刷存在感。你需要救世主，我就成了救世主。用心理學的角度來講，越孤獨的人越容易去信新興宗教。現代人都非常的孤獨，所以宗教就意外成了二十一世紀最大尾的商機之一。而且重點是，無論你賺多少錢都沒有法律可以管你。」

曾經採訪過上人的資深女記者祈美貞也索性開掛了：

「你知道嗎？我第一次採訪上人的時候，我去到S．R．T總部的演講廳，那個演講廳真的可以說是華麗到不行，用華麗來形容還遠遠不夠，真的可以說是未來世界才會出現的場景了。還有如幻上人現身的時候，全身上下都穿著最名貴最時尚的行頭……你再看看現場的門徒，天哪，幾乎涵蓋了全台灣最有錢有勢的政商界名流耶。而且當時我就質疑上人，我問他是不是在搞個人崇拜，他居然立刻就岔開話題，要我參加他們的課程。」

「妳不參加上人的課程，上人又怎麼能把妳給洗腦呢？」

班傑明精準地掌控每位來賓的回答時間，俐落地切換到下一位來賓。

「好，偉德。如幻上人曾經說過，唯有透過他的夏克緹加持，才能化解門徒的業力，這到底是？」

髮量稀疏但口氣最為火爆的資媒體人翁偉德，爆料時幾乎是用吼叫的方式。

「拜託。業力只是藉口啦。每個宗教都有它的藉口，你不恐嚇一下門徒，他們怎麼會聽你的……」

現場來賓你一言我一語連珠炮似地砲轟上人，彷彿群獅找到了可口的獵物緊咬不放，越講越誇張煽情，在現場把關的製作人努力摀住嘴巴，忍住不笑，她知道此集必火了。

國民統一黨的網紅立委許石誠正在跑步機上跑步，一邊看著電視上播放的《關鍵爆料》，許石誠為了保養容貌不菸不酒，《關鍵爆料》就是他每天「努力工作」後的啤酒香菸。此時財經專家黃暢邱指著螢幕上的上人照片說著：

「如幻上人的背景資料很少，目前只知道他在美國住了很久，最近這兩年才回台灣……」

電視上的班傑明嚇得倒退一大步，用特別誇張的語氣大喊：

「啊？什麼都沒有？橫空冒出來的？」

許石誠看到這一幕，似乎想到了什麼：

「田雞，立刻把如幻上人的照片跟資料download下來翻成英文。」

「可是我政策研究報告還沒弄完……」

「那不重要。先給我弄如幻上人的東西。」

田雞眉頭微皺，許石誠的命令讓他的寫作思路中斷了。

「敢跟我argue？沒有我，你能還債嗎？」

儘管田雞早已習慣許石誠口不擇言的大砲性格，但他依舊不喜歡聽到許石誠提起他欠債的事。許石誠暢快地吸了一口巧克力味的乳清蛋白奶昔後，拿起遙控器轉台，某台的新聞畫面裡，他的頭號假想敵，立委劉國正福正在被一群記者追著跑。

「無可奉告、無可奉告。我相信上人，就這樣。」

劉國福不悅地揮手推開記者，倉皇逃進辦公室裡。許石誠看見對手的慘狀後忍俊不禁，搖頭竊笑。

自從上次在網路直播上批判上人遭到劉國福的反擊之後，隨著香格里拉病毒的疫情蔓延世界，劉國福建議政府實施的口罩防疫政策大大成功，許石誠的聲望跟人氣就像疫情時期的美國股票一路下滑，幾乎熔斷了。蟄伏期間，他在辦公室裡掛了一幅德川家康的肖像畫，上面還用日語寫下德川家康的箴言「活得夠久，天下就是你的。」

許石誠深諳群眾的心理，太明白政治界的風向就跟鐘擺一樣，當上人跟劉國福出包了，站在兩人對立面的許石誠，就立刻不費吹灰之力地成為引領潮流的先知，正所謂「趁你虛，要你命」，那就是為何對立的政黨之間彼此都在互挖牆腳，抓人把柄，但這也是政界令他感到無比亢奮的理由。在政治的世界裡，永遠不知道明天會發生什麼事，許石誠是天生的玩家，而且擁有足夠的資本可以慢慢玩。

這段期間許石誠一邊健身，一邊默默等待復活的機會，現在他終於有機會一雪前恥了。

「呵呵，我看這個瞎老頭玩完了。田雞。」

許石誠指著劉國福相片，比出劃脖子的手勢。田雞明白了，他嘆了口氣走到牆邊，順手將劉國福的相片撕下來。

這天，偉華收到指示來會見上人，當他走近上人的房間時，卻沒看見上人的護法高保。一陣激烈的吼叫聲、摔東西的聲音從房間內傳來。

「為什麼？為什麼會被記者拍到？啊？退教的門徒這麼多。你要怎麼負責？」

偉華以為上人出事了，立刻衝進房間內，然而眼前的一幕震驚了偉華……

如幻上人光著上身滿身大汗，蓬頭亂髮，手上握著一支沾血的高爾夫球桿。高保則跪在地上不吭一聲，太陽穴上還淌著血，周遭都是摔碎的家具。

上人見到偉華，疲憊地用高爾夫球桿指著高保。

「出去。」

高保一語不發，虔誠頂禮上人後離開，頭上的血還印在地上。

高保離開後，如幻上人扔了高爾夫球桿，疲憊地坐在床頭，偉華跪倒在上人面前，聞到了高保留下的血腥味。

「達摩克爾提，有股邪惡的力量，想要摧毀你的師父。愚蠢的歷史不斷重演，每當先知再臨，無知的群眾就會摧毀他，他們曾經摧毀了耶穌，現在又想摧毀我。」

如幻上人疲憊地說著，他趨身向前輕輕捧起偉華的臉凝視著，不知道過了多久，上人才開口。

「你明白嗎？」

「我明白，上人。」

「達摩克爾提，我的靈媒，我的傳信人，強硬起來，否則我們努力創造的神聖淨土就會被無知的群眾給毀了，善用你的天賦，去反抗這個腐敗的社會。」

偉華眼神閃爍著，似乎有心事。

「你猶豫了？」

「不，上人，弟子準備好了。只是關於瑞塔娜，我有個請求，能否將開悟賜給……」

偉華語音未落，上人立刻激動大吼：

「不需要干涉其他人的業力，否則所有業力將會集體爆炸，你的修行也將毀於一旦！」

如幻上人嚴厲地瞪著偉華，他覺察到偉華的眼神裡充斥著恐懼與懷疑。

「達摩克爾提，看著我。」

如幻上人的手輕輕碰觸偉華的眉心，偉華順勢合掌禱告，緩緩閉上眼睛。

一股激烈的能量之流再度衝擊偉華的身心，所有的負面情緒瞬間一掃而空，極致的喜悅在他的內心爆發了。

偉華感覺到身體的元素正在迅速瓦解，內在的靈體正以極快的速度膨脹，很快就變得比地球還大，轉瞬間整個銀河系都在他的心中。

偉華沉浸於那無邊無際、飄飄然的喜悅時，眼前突然浮現巨大無比的黑洞，像是無形的巨獸張開了血盆大口，所有的宇宙，包含偉華自己全被吸入黑洞裡。周遭飛馳而過的隕石碎片不斷撞擊著偉華，撞擊力道之強烈，讓他覺得快要粉身碎骨了。偉華尖叫醒來，發現自己全身冷汗，依舊趴跪在上人腳下，雙腳甚至還在發抖。剛剛發生的一切恍如夢幻泡影，一股強烈的空虛感突然從偉華的心中炸裂，剛剛被拋諸腦後的焦慮與憂鬱情緒，也一併加倍襲來。

「讓我回去。上人。不要帶走我的開悟。我求您……」

偉華在地上打滾著、歇斯底里哀號懇求著，彷彿吸毒後的戒斷症狀。

「時機成熟時，我就會賜給你永恆的開悟。」

上人冰冷地扔下這句話後就示意偉華離開。上人的言下之意，是暗示偉華必須完全臣服於他，不得有「任何的」質疑。

偉華疲憊虛脫地回到房間，癱倒在床上後習慣性地打開電視，以前的偉華幾乎不看電視的，但自從S．R．T的醜聞爆發後，他一直很關注社會輿論風向的發展。此時各大電視台，依舊不斷重複播放著蔓詩在上人面前歇斯底里晃動的畫面，當然少不了一陣冷嘲熱諷，而尤以東盛電視台的《關鍵爆料》的嘲諷最為辛辣，而且不是一天兩天而已，這陣子幾乎每天都在炒作同樣的話題，讓偉華惱恨不已。

「我認為林蔓詩的反應，以心理學的角度來說，是『顯意識接近喪失』，歷史上這類的案例其實不少，最典型的例子就是鬼上身。」

班傑明滔滔不絕口沫橫飛地分析著，偉華關掉電視，打電話給蔓詩，但是電話無人接聽。此時手機傳來了「表演系四俠伐木累」line群組的訊息。

阿南：幹華唉沒事吧？踹共啦。
蝦痞：是說蔓詩之前也找過我入教，那時我直覺就認為這是邪教。不過起碼蔓詩終於被你得手啦幹。
沒種：我也是，幸好我沒入坑。華唉回來吧，別走火入魔。
蝦痞：華唉回來吧+1。
阿南：華唉，私聊一下。

「蔓詩是為了累積善業才拉我入教的……」

偉華甩著頭，試圖扔掉這個在他的心中出現過不只一次的殘酷想法。

此時偉華的手機響了，來電顯示是阿南，但偉華拒接。手機的來電聲越來越刺耳，將偉華的煩躁逼近最大的極限。他突然無法克制自己，用力將手機摔到地上，手機螢幕應聲龜裂，當偉華回過神來時，懊悔的情緒油然而生。

這天，S．R．T的演講大廳瀰漫著無比沉重的氛圍，如幻上人演講的表情非常嚴肅，台下的聽眾也少了一大半。

「如果你們墮入了催眠的陷阱，那麼一刻也不要留在這裡。這些名嘴全靠說謊而活。說謊就是他們的生意，他們怎麼會拋棄自己的生意呢？」
如幻上人張開雙手，聲音更大了。
「你們都是我的見證人。整個S・R・T總部就是我們的堡壘，也是所有門徒辛苦的奉獻，我們不能被這些流言蜚語所動搖，我們要守護S・R・T。」
所有門徒舉手大喊。
「守護上人、守護S・R・T。」
偉華在台下左顧右盼，尋找蔓詩。他拿起手機，看著先前傳給蔓詩的留言，留言皆未讀。
「回個電話好嗎？」
「我很擔心妳」
「這禮拜妳會來聽法嗎？」

ℰ ℰ ℰ

此時，在台北世紀芭蕾舞團的舞蹈教室裡，不時傳出英文與俄文夾雜的叫罵聲。
離《火鳥》芭蕾舞劇公演的時間越來越近了，極度完美主義的葉教授，嚴格要求所有舞者在某個節拍點轉身、轉頭的節奏感必須完全一致，分秒不差。
蔓詩正在與俄籍男舞者排練男女主角的舞步，小P則是在一旁獨自練習。蔓詩的眼睛周遭都布滿了黑眼圈，表情疲憊、用盡力氣跳舞。

自從蔓詩上了八卦新聞頭條之後，她幾乎隔絕一切外界往來，將所有的力量都投入在《火鳥》的演出準備。這陣子她每晚都做S．R．T冥想，希望能夠緩解練舞帶來的龐大壓力，然而一種奇異的罪惡感卻揮之不去。她沒有再去聽法，也與S．R．T門徒斷絕聯繫，卻依舊做著S．R．T的冥想，種種矛盾的心情不斷干擾著蔓詩，導致她半夜經常失眠，必須服用安眠藥、鎮定劑入睡。

跟蔓詩搭檔的俄籍男舞者越來越不適應蔓詩的腳步，兩人共舞的節奏越來越亂，蔓詩再度摔倒了。這已經不知道是蔓詩第幾次摔倒，葉教授為了這次演出也卯足全力重新編舞，企圖超越歷史上所有版本的《火鳥》，不僅要求蔓詩在最細微的動作與節奏上分秒不差，更要求蔓詩全然地被火鳥的靈魂所佔據，但蔓詩始終無法體悟這段話的精髓。

「What happened? Stand up, dance again.」（怎麼了？起來，再跳一次。）

葉教授對蔓詩的八卦新聞毫不知情，以為蔓詩怠慢了練習，用嚴厲的口吻命令她。蔓詩只能再次起身，她右膝的疼痛程度越來越劇烈，腳趾幾乎全是包紮過的傷口，無論怎麼努力，她的舞步卻始終無法讓葉教授滿意。

「Now you are just a lifeless bird! I can't see your enthusiasm for this role! Be concentration.」（妳現在只是一隻毫無生氣的鳥。我無法看出妳對這個角色的熱忱，專心點。）

葉教授說完後，疲憊地按摩眼窩，沉默數秒後，突然宣告：

「Poppy, I want you to dance.」（小 p，妳來跳看看。）

蔓詩聽到這句話時，內心湧現一陣驚恐，瞬間耳鳴。

小 p 尚未熟記所有的舞步，但意外地和俄籍男舞者的舞步很搭調，葉教授非常意外，頻頻欣賞小 p 的動作。

「That is right, you are always yourself, that is your gift.」（這就對了，妳總是做自己，這就是妳的天賦。）

葉教授撫摸著小 p 的肩膀讚美她，意味深長地看了蔓詩一眼後，示意小 p 進辦公室。蔓詩偷偷觀察著小 p 與葉教授的互動。

眾所皆知，葉教授對舞步節奏的精準度要求極為嚴格，卻默許小 p 隨著自己的舞步節奏恣意發揮，為什麼？

蔓詩心亂如麻地一邊練舞一邊思考著，她甚至擔憂，萬一小 p 跟葉教授過從甚密，自己的女主角位置會不會被取代？自己有辦法為了舞蹈犧牲一切嗎？甚至不惜犧牲自己的……

「啊……」

一聲尖叫傳來，蔓詩的腳掌一陣痛麻，才發現自己不小心踢到身旁的女舞者，女舞者摀著臉跌坐在地上。

「對不起對不起。」

蔓詩慌忙道歉，一邊將女舞者扶起，被撞到的女舞者甩開蔓詩的手，惡狠狠地瞪著蔓詩，現場所有人都用詭異的眼神看著蔓詩。蔓詩聽見周遭傳來瑣碎的說話聲。

「需要這樣嗎？是不是故意的啊？」

「全身發抖呢，好厲害呀。」

「信邪教信到走火入魔了呵呵……」

周遭的舞者們步步進逼圍住蔓詩，一起嘲諷她，蔓詩分不清楚眼前的一切究竟是現實還是幻想，她蹲下來，身體縮得越來越緊……

半夜，蔓詩在房間打坐冥想，她閉著眼睛，眼球不斷轉動，胸口急促地起伏著。蔓詩努力冥想如幻上人的法相，卻始終無法專注，儘管房間開著空調，穿著細肩帶背心的她卻渾身狂冒冷汗。葉教授嚴厲地指責她、眾舞者們嘲諷、奚落她，甚至小p與葉教授縱情地做愛呻吟的畫面，種種詭譎的影像都在她的意識裡交錯打結。

蔓詩再也承受不住了，她抓起蓬亂的頭髮，面對鏡子崩潰尖叫，用力摔碎鏡子，桌上的相框掉在地上摔壞了，破碎的玻璃下是一張神韻不輸蔓詩的美麗女子，正牽著小學生模樣的蔓詩跳舞的照片，那是蔓詩的母親，當年也是一名有名的芭蕾舞者。

蔓詩環顧四周，周遭一片覷黑，寂靜得可怕，蔓詩只聽到自己的呼吸聲、心跳聲，她撿起母親的相片凝視。悲傷的回憶湧入心頭。

蔓詩還依稀記得高中時，每天從北一女放學後，就立刻奔向臺大醫院探望得了肺腺癌末期的母親，裝上呼吸器治療的母親因為做標靶治療，頭髮掉了一大半，每一次的說話都費盡了力氣，讓當時的蔓詩心疼不已。

「為什麼他還不回來？我……」

蔓詩的母親憔悴地囁嚅著，儘管躺在病塌上，卻依舊在懷念失蹤的丈夫，蔓詩痛心不已，輕輕地撫摸著母親的額頭。

「媽，別再說了，好好休息。」

「小蔓，媽什麼都沒有了。媽對不起妳，什麼都給不了妳。」

蔓詩母親開始有些語無倫次，逐漸進入了彌留狀態。

「媽。妳還有我啊。」

蔓詩母親點點頭，費力地舉起乾枯、布滿皺紋的手，

「小蔓……」

蔓詩母親指著病床旁邊的小桌子上，放著一個包裝精美的盒子。

「媽媽沒忘記妳的生日，妳一定要漂漂亮亮地在表演時穿上它。」

蔓詩打開盒子，看到一雙精美的桃紅色舞鞋，蔓詩眼淚奪眶而出，緊握住母親的手。她清楚地感覺到，母親的呼吸與脈搏越來越微弱。

「小蔓，媽不後悔有了妳，要繼續……跳下去，媽媽會在天堂看著妳跳舞，知道嗎？」

蔓詩含淚點頭，那是母親最後的遺言。

母親蒼白憔悴的容顏，逐漸幻化成蔓詩手裡的相片。蔓詩握著母親的相片泣不成聲，她很久沒有像現在這樣大哭一場了。

蔓詩從小就接受母親嚴格的芭蕾舞訓練，嚴格的母親儘管要求她勤奮練舞，卻又要求蔓詩不得怠慢學業，養成了她自律堅強的性格。這些年來父親失蹤，獨力撫養蔓詩長大的母親的過世，都造就了她孤獨與脆弱的心，但是倔強的蔓詩不甘示弱，拒絕向命運低頭，一直以來都在外人面前努力表現出堅強、樂觀的一面。蔓詩從北一女畢業後，以全校最好的成績畢業於台藝大舞蹈系，之後又加入台灣最頂尖的台北國際芭蕾舞團，日復一日苦練傳統的芭蕾舞劇目，目標是成為一名讓母親引以為傲的，蜚聲國際的芭蕾舞者。

然而最近的蔓詩，已經開始對自己的目標動搖了。

她不時懊惱著，如果成為一流舞蹈家是自己的夢想，為什麼最近練舞時，都感受不到舞蹈的喜悅，有的只是每天不斷增長的焦慮，以及與舞團成員之間若有似無的格格不入呢？

有多少的舞蹈家在青春華紹的年紀綻放後，又伴隨著漸增的年紀消失在舞台中？蔓詩明白，自己的年紀已經不小，未來不知道還可以跳幾年的舞？種種的煩惱以及對未來的恐懼，都讓蔓詩感到無所適從，她多麼渴望慈悲的上人能夠護持她，指引她眼前的道路，可是……

地上的手機不斷響著，來電顯示是偉華，但蔓詩置之不理。

台北市的車流聲，隱隱約約充斥著如幻上人新聞的聲音。地面上，一些急促的步伐踩過S．R．T的宣傳單。垃圾堆上，堆滿了S．R．T的宣傳單與雜誌、書籍，還有好幾件印有如幻上人肖像的T恤。一陣強風吹來，宣傳單滿天飛舞，讓台北市的街道變得更加蕭瑟，空氣中瀰漫著詭異的不信任。

偉華穿著一身精緻的紅色法袍，脖子上戴著印有如幻上人相片的串珠，坐在勞斯萊斯後座，頭斜靠在車窗上看著這一切，一張骯髒的S．R．T傳單唰地一聲貼在勞斯萊斯的玻璃上。

偉華的臉龐微微抽搐，面色慘白，緊握的拳頭顫抖著，眼神嚴肅，不斷地思考上人說過的話。

「善用你的天賦，去反抗這個腐敗的社會……」

這句話讓偉華失眠了好幾天，他越來越疲憊，逐漸沉沉睡去。

偉華夢見自己在一個寸草不生的無垠沙丘上不斷地走著，烈日高照下的砂礫滾燙無比，體力用盡的偉華趴倒在地上，喉嚨灼痛不已，幾乎要渴死了。

突然間，大地開始震動，身形巨大的如幻上人從沙地中緩緩起身了，高聳的身軀穿著長到拖曳到地面的白袍，像一座發光的巨山。如幻上人伸出手，做出佛陀的「施無畏手印」，掌心剎那間噴湧出甘甜沁涼的泉水，解了偉華的渴。甘泉流淌在沙地上，所到之處迅速長出了片片青草、五顏六色的花朵、仙人掌與各式帶著藤蔓的樹木，很快地長成一大片生機盎然的綠洲。

偉華感激涕零地拜倒在上人的腳下。上人笑了，他的笑聲響徹雲霄，接著輕輕地將偉華放在掌心中捧起來，用碩大無比的湛藍色瞳仁看著他，依舊重複說了那句話：

「達摩克爾提，我的靈媒，我的傳信人，善用你的天賦，去反抗這個腐敗的社會。」一如幻上人說完後，突然將偉華扔向天空，偉華害怕地尖叫，就在即將墜地的時候，偉華驚醒了。他回神時，才發現勞斯勞斯已經緩緩駛進東盛電視台的地下停車場。

梳化間裡，偉華沉默地坐在梳化間的椅子上。工作人員遞給他拍攝的流程表，但偉華看也不看就扔到一旁，也拒絕讓髮妝師幫他做造型。周遭的工作人員走來走去，班傑明一邊喝咖啡一邊跟導播叮嚀完拍攝事宜後，發現偉華翹著二郎腿，正透過梳化間的鏡子瞪著他。班傑明禮貌性地點點頭，嘴角微微上揚後走出梳化間，這個舉動在偉華眼裡，無疑是在藐視他。

偉華低頭檢視手機裡傳給蔓詩的慰問訊息，依舊處於未讀狀態。

他翻起手機相簿的一張相片，是他與蔓詩一起發傳單的合照，照片中的偉華與蔓詩一起扮鬼臉自拍，兩人的表情既俏皮又充滿默契，儼然就像是剛剛談戀愛的情侶。偉華收起手機，看著鏡子裡的自己，表情比以前滄桑了許多，發紅的眼睛布滿血絲，眼瞼周邊也多了濃厚的黑眼圈。

偉華摸摸自己逐漸蓄長的濃密鬍子及蓬亂的長髮，若有所思。他突然心生一念，打開桌上的髮膠，在頭髮上抹上厚厚的一層髮膠，拿起桌上的梳子將所有頭髮用力往後梳。沒多久，鏡子裡的偉華，變得煥然一新，充滿自信。他的眼神無比堅定，起身走入節目現場。

「今天的節目我相信會非常有意思，有一位特別來賓來到節目現場，他就是如幻上人的首席門徒，達摩……克爾提。」

這次《關鍵爆料》的特別企劃，主持人班傑明只邀請了偉華當特別來賓，為的就是要塑造擂台對決的效果。

「達摩克爾提。很拗口的名字啊。我沒唸錯吧？」

班傑明瞇著眼睛，刻意假裝看著手上的小抄，隨口冷幽默了一下。

偉華眼神銳利行合十禮，向電視機前的觀眾致意。周遭響起節目效果的歡呼聲與掌聲。

「好，我們開始今天的主題，就是最近爭議很大的如幻上人。達摩先生，我想……」

「爭議？不，搞清楚，爭議是媒體炒作出來的，沒有爭議這回事。」

偉華用冷峻的語氣打斷了班傑明，一開始就先發制人。

「可是……上人出入都搭乘勞斯萊斯，又要門徒捐獻大筆款項，這個很難不引起爭議吧。聽說他要求門徒絕對服從……」

「亂講！我們沒有強迫任何一個人捐款，也沒強迫任何人相信上人，待在上人身邊都是自願的，包括我，任何想離開的人隨時都可以離開。」

偉華的聲音越來越大，幾乎不給班傑明反駁的機會。

「我們只是希望創造出前所未有的烏托邦、理想國，一個人人都能真誠面對自己、享受生命的世界而已，你們這些下三濫的媒體，為什麼要針對我們？」

「達摩先生，我想你也不用這麼激動，大眾也只是想知道真相，所以藉由這個平台……」

班傑明好不容易可以插話了，這一次他並不像平時使用誇張火爆的語氣，刻意用理性客觀、溫和的聲調說著。班傑明主持節目多年，早已知道這個時候他表現得越紳士，對手就會越憤怒，顯得更加自取其辱，節目效果就越好。

偉華中計了，他猛然起身，憤怒指著班傑明。

「真相？你有資格談論真相？S．R．T的門徒每一天都在為創造新的人類、新的社會理想獻身奮鬥，而你呢，什麼都不會，就只會拿一堆斷章取義的資料打嘴炮。你真他媽賤貨！」

「你怎麼……你罵髒話啊？上人的門徒都是這副德性嗎？呃，導播？」

導播也不知道如何是好，只好看向一旁的製作人，製作人一個箭步上前，俐落地用手勢示意班傑明繼續與偉華溝通。

偉華眼神銳利，更加肆無忌憚、滔滔不絕地發表自己的論點，班傑明也開始大聲起來了，但偉華的聲量略勝一籌，兩人的辯論重疊在一起，各說各話。攝影機也一反常態改為動態搖晃鏡頭，交錯著兩人的對話。

「我覺得不管怎麼樣，只要是搞個人崇拜，都會讓人迷失。個人崇拜是危險的，它會讓你盲目，失去正確的價值觀與判斷力。如果哪天你們的教主幹了壞事……」

「閉嘴。你有聽過上人演講嗎？你有參加過我們的冥想課嗎？沒有。你得到的都是二手資料，卻說一堆莫名其妙的話來批判我們，我不罵你罵誰？你知道廉恥嗎？」

偉華面對攝影機的鏡頭，憤怒指著鏡頭。

「所有批評我們的媒體，你們都他媽的一樣犯賤！」

偉華對面鏡頭怒比中指，這個經典的畫面被做成了報紙封面，所有媒體都以如幻上人的御用打手稱呼偉華。

第七章　涉世

劉國福衝進如幻上人專用的梳化間，憤怒地扔下用偉華比中指當作頭條版面的報紙，瞪著如幻上人。

「你怎麼搞的，現在我找你都得避開記者。上次你在森林搞轟趴我已經擋掉一次了，現在你又來這招。你到底想怎樣？想搞我嗎？」

「沒事的老劉，只要有我在，包你中選。」

如幻上人正對著鏡子拿電棒捲捲頭髮，對劉國福的反應不以為意。

「講清楚，你啥意思？」

「我要成立政黨。」

「什麼？」

劉國福懷疑自己聽錯了。

上人眼前的梳妝台，放了各式各樣的高級保養品。他放下電棒捲，慢悠悠地打開一罐護膚霜在臉上均勻塗抹。

「台灣首屈一指的大老闆們都信任我，很多兩黨高層都已經做好退黨準備，再加上門徒，這樣龐大的人脈都是我們的人。只要你願意退黨加入我們……」

劉國福瞪大眼睛，撥撥早已稀疏的油膩亂髮，臃腫的身軀往後踉蹌了好幾步，差點跌倒。

「要我退黨？幹，你能橫著走，是誰在背後幫你撐腰的？馬上就要選舉了。就給我來這一招？」

「你考慮考慮吧。我不希望跟你打對台。」

如幻上人超然淡定，似乎早就料到劉國福的反應。此刻的劉國福，氣到幾乎想直接撲上去跟上人幹上一架，但他瞄了瞄守在一旁身材高大的高保，感覺到心臟微微發疼，劉國福摸摸胸口，用力喘了好幾口氣，好不容易恢復了理智。

「我投資你這麼多，你這樣對我？好啊，走著瞧。我知道你所有的底。」

劉國福扔下這話後立刻不悅離開，此時高保逼近他。

「幹什麼幹什麼，你想幹嘛？」

高保舉起手時，劉國福嚇了一跳。

「出口在這邊。」

劉國福心有餘悸，踉踉蹌蹌地跑走了。如幻上人看著劉國福離開後嘴角上揚，用若有所思的眼神凝視著高保。

偉華走近S．R．T總部門口時，正好看見劉國福氣噗噗地經過，從公事包裡拿出漁夫帽戴上。偉華儘管疑惑，卻並沒有多想什麼。沒多久，偉華在高保的帶領下走進如幻上人的房間，跪倒在上人面前。

「都買下來了嗎？」

如幻上人目不轉睛地凝視著映在化妝鏡中的偉華。

「上人，幾乎全買下來了，動用了所有S・R・T的資產，我們可能會……負債。」

講到這裡，跪在地上的偉華，突然感到手腳變得特別沉重。

「很好。達摩克爾提，我們不需要倚賴任何人了。」

如幻上人將一疊綁好的鈔票扔到偉華面前。

「好好享受福報吧。」

偉華抬頭凝望著上人的眼睛，瞬間發怵，他從來沒有看過如幻上人的眼神變得如此冰冷、邪惡。

偉華猶豫了很久，雙手顫抖地拿起鈔票，他已經回不了頭了。

《關鍵爆料》節目主持人班傑明左手提著公事包，腋下還夾著一個精緻包裝的禮物盒，他走在地下停車場，拿著手機與老婆、女兒琪琪對話。手機裡，班傑明的妻子逗弄著琪琪，畫面溫馨。

「琪琪，跟爸爸說，妳有沒有乖乖啊？」

「我都很乖喔，把鼻什麼時候回來，我們都要餓扁了。」

「你跟馬麻先吃，把鼻很快就回來陪妳切蛋糕囉。把鼻還準備了神祕的小禮物要送給琪琪喔。」

「哇……把鼻最棒了。」

「慢慢開，注意安全，等你。」

班傑明的妻子抱著琪琪，細心地叮囑丈夫。

班傑明吻了手機之後，一邊哼歌一邊輕鬆地走向地下停車場。今天是女兒琪琪的六歲生日，班傑明為了能提早下班，好不容易將今天的錄影時間喬到下午三點半。最近如幻上人的新聞熱度不斷地火爆延燒著，班傑明除了錄製《關鍵爆料》以外，都忙著與製作團隊討論，預計再開新的一系列批判邪教的節目。這陣子都忙碌到無暇顧及妻女的他，終於可以享受到難得的天倫之樂。

班傑明將跑車解鎖，正準備要開車門時，一個全身黑衣、戴著墨鏡與毛帽的男子突然出現，戴著黑色手套的手使勁摀住班傑明的嘴，把他拖往暗處。黑衣人放手時，班傑明還驚甫未定。

「節目換個話題吧。」

黑衣人的聲音相當地低沉，卻具有致命的壓迫感，班傑明不敢回話，黑衣人將一個牛皮紙袋遞給班傑明，示意他打開。

「有驚喜喔。」

班傑明疑惑地打開袋子，裡面有幾張照片，照片內容是班傑明穿著女性內衣，跟一群壯漢做出不雅動作。班傑明看了照片後，瞬間冷汗直流。

「寄給你的老婆女兒，如何？還是寄給狗仔？好爸爸？」

班傑明還來不及回答，黑衣人扔給了班傑明一疊鈔票。

傍晚，國民統一黨網紅立委許石誠穿著緊身運動服，露出完美的肌肉線條，運動服上別上了競選logo，與田雞一起在信義商圈跑步著。跑步時如果遇到粉絲，許石誠會向粉絲打招呼，特別是女粉絲。離總統大選兼立委選舉的日期越來越近了，這是許石誠獨門的宣傳手法之一。

然而今天信義商圈看起來沒有多少人，經過的人也對許石誠視若無睹，令他非常訝異。

「今天怎麼都沒有fans？你怎麼宣傳的？下次再害我白跑一趟，You know，我一句話就可以讓你在政壇永遠消失。」

許石誠一邊跑步一邊抱怨著，田雞也只能默默隱忍。當他們跑到商圈最熱鬧的區域時，周遭傳來奇怪的嗡嗡聲，許石誠疑惑了，他試圖聽得更清楚一些。

「嗡阿吽班札、嗡阿吽班札、嗡阿吽班札……」

整個信義商圈都迴盪著S・R・T的咒語，以及如幻上人的講道聲。田雞停了下來，指著百貨公司上的電子廣告螢幕。

「老闆，你看。」

放眼望去，信義商圈周遭所有的電子廣告螢幕，全都放映著如幻上人的演講、冥想畫面，大部分的人都駐足在廣告螢幕前，指指點點，議論紛紛。

當廣告螢幕的畫面切換成門徒頂禮上人的特寫鏡頭時，田雞發現其中一人竟然是《關鍵爆料》的主持人班傑明。

「我還真沒看過這樣的瘋子、自戀狂。」

田雞感到無比震撼，之前對上人的好感度瞬間蕩然無存。許石誠則瞪大眼睛，越來越興奮，他狂笑著，順手用力拍了田雞的頭。

「只有瘋子，才能創造奇蹟。」

田雞附和地點點頭，雖然陪著笑臉，卻閃過一絲不悅。

天空，開始響起陣陣悶雷……

與此同時，S．R．T的演講廳再度聚集了各大電視台的媒體記者，正此起彼落地討論著。最近最熱門的新聞話題，都聚焦在劉立委的失蹤案件，沒有人知道他是怎麼失蹤的，有鄉民在PTT的政治版表示，劉國福由於深受民眾愛戴，而遭到政治對手「消失」，然而也有鄉民表示在二十一世紀的台灣，不太可能出現這種過於引人注目、極端的作法。

由於劉國福的失蹤毫無任何預警跡象，讓警方在調查的過程中陷入膠著。曾經有鄉民在網路上瘋傳，認為劉國福可能隱藏了某些不可告人的祕密或醜聞，需要躲藏起來避風頭，但劉國福的妻子憤怒地在媒體面前反駁此點，並揚言要向醜化劉國福的鄉民提告。作為劉國福無比敬仰的師父，如幻上人自然屢屢被各大媒體要求對劉國福的失蹤表態，於是上人在S．R．T演講廳舉辦了直播記者會，所有被如幻上人買下的廣告螢幕以及網路頻道，都可以同步觀看記者會直播。

現場響起源源不絕的拍照聲，如幻上人終於現身了。

上人穿著華麗、用抽象紋樣裝飾的金色長法袍，重新染過的亮橘色頭髮燙著波浪捲，讓他看起來更加光華四射，偉華則穿著紅袍，梳起了發亮的油頭替上人帶路，調整麥克風，儼然就是上人未來第一把交椅的模樣。

民主前進黨立委劉國福的妻子，也在幾名門徒的帶領下走進演講廳，高保則依舊站在鎂光燈的焦點外，神情肅穆一語不發，低調地守護上人。

在一陣喧鬧聲之後，如幻上人站定在演講台上接受記者採訪，劉國福的妻子神情憔悴，身著黑色洋裝站在上人身邊。

過往上人接受記者採訪時，總是與記者保持台上台下的遙遠距離，這次則將整個演講台都布置成採訪地點，記者們終於有機會近距離採訪上人。上人的身後站著偉華、幾名資深門徒，每個人都穿著精緻紅袍，表情嚴肅，脖子上都戴著印有如幻上人肖像的串珠。

記者的鎂光燈閃個不停，如幻上人拿起紙巾擦眼淚，劉國福妻子也淚眼婆娑，上人與她握手，對著眾多媒體的麥克風發表感言。
「老劉是我的門徒，也是我的老友，我很難過。他曾經告訴我，他想用大愛改變全台灣，讓台灣成為獨一無二的淨土，而不是充滿政治鬥爭的穢土。」
劉國福妻子忍不住哭泣，如幻上人也低頭哽咽。偉華看著上人哽咽時，想起上次在S．R．T總部門口，正好碰見劉國福戴起漁夫帽，氣噗噗地離開的畫面，那是他最後一次看見劉國福，不知為何，偉華覺得劉國福的失蹤原因，並不單純。
「我老公生前人緣很好，沒害過任何人，為什麼就這樣失蹤了？」
「對不起，都是我的錯。」
如幻上人哽咽說著，輕拍劉國福妻子的肩膀，記者順勢發問了。
「上人，您覺得劉立委的失蹤，跟您有關嗎？」
如幻上人低著頭，強忍著眼淚，沉吟了一會撫平情緒後說：
「老劉因為支持我，承受了很多痛苦與敵意，所有的一切我都概括承受，但是、但是……」
如幻上人突然抬起頭，泛淚的眼睛閃著銳利的光芒。
「我絕對不會向惡勢力屈服的。」
攝影記者們，紛紛特寫如幻上人泛淚的憤怒表情，這表情是如此地有戲劇張力，誰沒拍到肯定是「獨漏」了。上人環顧著不斷猛按鎂光燈的攝影記者，確認每一家報社都將他的表情拍下來之後，在精準的情緒節拍點上大喊：

「我宣布……成立政黨。」

所有記者們一反平時採訪時的淡定，訝異地叫了出來，因為沒人猜到在這次的記者會，上人會宣布成立政黨。兩名S．R．T教徒順勢揭開黨旗，是S．R．T的符號，跟台灣的圖像結合在一起，黨旗上印著幾個草書字體寫著：台灣靈性黨。鎂光燈閃得更快了。

偉華看著黨旗，他覺得那個「ॐ」字梵文符號烙印在台灣上，顯得既詭異又滑稽。偉華的表情越來越凝重，在心裡喃喃自語著。

「我、我要從政了？」

偉華想起自己曾對蔓詩說過，政治只不過是煽動人心的鬼扯。而如今自己卻……

此時上人走到偉華身邊搭起他的肩膀，兩人一起與媒體合照。偉華不得不擺出生硬的微笑。上人為了立委劉國福而成立台灣靈性黨，此舉轉瞬間扭轉了大部分民眾對上人的負面印象，如幻上人在一瞬間，成了素人政治英雄。他湛藍色眼睛所展現出來的憤怒與淚水，透過全台灣無所不在的廣告螢幕表現出來，充滿了強而有力的情緒煽動力，讓這位政治英雄的誕生顯得既詭異卻又合情合理。

此時的西門町早已大雨滂沱，許多人依舊聚集在西門町的廣告螢幕前，見證台灣靈性黨成立的歷史時刻。

然而，也不見得每一個人都吃得下這一套。

偉華的好友阿南，站在廣告螢幕前的人群中，圓胖的身軀早已溼透。他一直看著螢幕裡的偉華，滿臉憂心。最近，他一直找各種藉口約偉華出來，試圖救出被上人「洗腦」的偉華，但偉華總是拒絕回應。

記者會結束後，偉華立刻驅車回家。他疲憊而抑鬱地斜躺在勞斯萊斯後座，時睡時醒，當他有意無意地看向窗外，卻發現車子駛向豪華酒店門口，門口站了一整排的小姐，還有酒店經理及小弟。

「帶我來這裡幹嘛？」

「達摩師兄，上人交代的，要你進行特殊的修行。」

偉華還在疑惑時，戈文達早已停好車，酒店小弟立刻快步向前打開車門，酒店經理熱情地招呼偉華，跟偉華握手。

「達摩師兄，歡迎歡迎啊。我們的小姐啊，早就恭候多時了。」

禿髮，一臉顢頇樣的酒店經理說完後，用眼神示意門口站成一排的小姐，小姐們朝偉華鞠躬敬禮後全都湧向偉華，偉華還不太了解狀況，就被小姐們一股勁地拉走了。

在酒店包廂裡，偉華拚命灌著威士忌，一杯接著一杯。他的心情極度苦悶，他明明不想擔任什麼執行長、更不想要從政，但這一切都發生了。隨著時間過去，他的生活重心幾乎都圍繞著S．R．T、圍繞著上人打轉，而他的演員夢卻離他越來越遠。儘管權力越來越大，內心卻越來越不快樂、憂鬱……

小姐們一個個舉杯敬偉華，聲音嬌柔，側貼在偉華身邊。

「達摩師兄，我再敬你一杯唄。」

穿著豹紋緊身衣，染著金髮，年紀約莫十九、二十歲的小姐敬完酒後，湊近偉華耳邊。

「師父特別交代，你想怎麼樣都可以。」

另一名小姐不甘示弱，將偉華的手放在自己豐滿的酥胸。

「達摩師兄笑一下嘛。你不開心，師父會責怪我們呦……」

所有小姐們拚命給偉華敬酒，偉華酒越喝臉越紅，意識越來越模糊。

「你再不笑，別怪我放大絕喔。」

一名年輕、戴著紫色假髮，看起來芳齡不到十八歲的小姐說完後，不顧偉華的阻止，俐落地扒開偉華的褲子，在偉華面前趴跪下來，將頭伸進偉華的胯下。

偉華感覺到胯下一陣陣興奮地痙攣，他不自覺地閉上眼睛，皺起眉頭，滿頭大汗地喘息著，所有的小姐們都使出渾身解數，較勁似地挑逗偉華的慾望。沒多久，偉華突然用力抓住小姐的紫色假髮，臉龐抽蓄興奮尖叫，將這陣子以來積累的精神壓力全都宣泄出來。

偉華疲憊地喘著氣，空虛不已，他從口袋裡拿出一堆鈔票往上灑，小姐們興奮不已，拚命抓錢。

離開酒店包廂後，偉華感到頭痛欲裂，他拿著酒瓶，步伐踉蹌地走在大雨滂沱的街頭，不時來一陣反胃嘔吐。他灌完最後一滴酒後立刻將酒瓶扔碎，不斷發抖的手從口袋裡拿出手機，手機卻滑掉在地上。早已出現裂痕的手機螢幕上，顯示出一張照片，是他與蔓詩一起發傳單的合照。

ઠ ઠ ઠ

如幻上人表情冷酷，靜靜地凝視窗外的飄雨。

蔓詩跪在上人房間的地板上，她消失了很久，直到今天才鼓起勇氣，在台灣靈性黨建黨記者會結束後晉見上人。

「所以，妳決定好了嗎？」

上人指的是蔓詩決定去俄羅斯學舞的事情。蔓詩咬著嘴唇猶豫了很久，才堅定地說出自己的想法。

「上人，這是我的夢想。」

如幻上人再度陷入沉默，穿外的雨聲變得越來越大……不知道過了多久，上人終於開口了。

「瑞塔娜，妳可真是善變啊。沒有我的加持，妳還能順利的跳舞嗎？」

蔓詩從上人的語氣中感受到他的不悅，一股恐懼衝擊了蔓詩的全副身心，她立刻慌忙磕頭頂禮。

「上人，我還是您的弟子。最忠誠的弟子。我永遠記得，您在我最脆弱的時候拯救了我。無論我在哪，我都會按時冥想。您的法相我都會隨身帶著……」

如幻上人依舊直視著窗外，眼神冰冷，完全不看蔓詩一眼，突然一道響雷打下來，上人故作訝異地叫了。

「我看見了、我看見了……天啊。我很難過，一旦業力爆炸，恐怕就連妳的母親也不能倖免。原本她可以在星靈界好好修行，現在卻可能被貶到無間地獄。」

蔓詩瞪大眼睛，她想起自己曾經經歷過的夏克緹加持，在上人的帶領下靈魂出體，見識過無間地獄的可怕光景，一想到母親即將在無間地獄遭受的一切，蔓詩就心如刀割，痛苦不已。

第八章　真相

蔓詩的眼神空洞，孤零零地走在艷陽高照的西門町街頭。

熾烈的太陽讓蔓詩感到暈眩，但是根據醫生的指示，她必須出來走走，曬太陽以穩定情緒。

昨夜對蔓詩而言，又是可怕的失眠夜。每次她即將睡著時，四肢就立刻變得僵硬無法動彈，當時蔓詩努力掙扎，在心中默唸S．R．T的咒語。

「嗡阿吽班札、嗡阿吽班札、嗡阿吽班札……」

咒語的聲音在蔓詩的腦中迴盪著，越響越大聲，形成一股刺耳的噪音。

她努力向上人祈禱，冥想上人的法相，卻只能看見上人在遠方打坐著，用一種冷漠的眼神凝視著她。蔓詩用盡力氣，試圖挪動小指，扭動脖子，掙扎了很久才終於醒來。滿頭大汗的她喝了一口冰水，平復心情後再度上床就寢，沒多久卻又被一股可怕的、無法呼吸的窒息感嚇醒，就這樣時睡時醒，反覆折騰了一整晚。

今天一大早，蔓詩向舞團總監請了病假，去看精神科。精神科醫生給蔓詩的診斷是因為壓力、焦慮與過度疲勞引起的「睡眠障礙」，以及因為心靈受創而引發的「睡眠呼吸中止症」。

此時一群年輕人穿過蔓詩身旁奔跑著，引起她的注意。蔓詩仔細一看，所有年輕男女們都穿著紅T恤及紅帽子熱情地發傳單、舉旗子，旗子上印著台灣靈性黨的標誌，還附上草書毛筆字體印刷的宣傳標語。標語內容寫著：

「為台灣帶來永恆的和平與重生的希望，建設充滿靈性的新台灣，請支持台灣靈性黨。」

有的標語內容甚至寫著：

「為劉國福而戰，還我劉立委，支持轉型正義。」

如幻上人創建的台灣靈性黨，早已獲得年輕人們的壓倒性支持。台灣儘管因為防疫成績斐然，順勢迎來了近十年來最強大的投資潮，然而許多產業為了避免未來的疫情風險，更加速地推動縮編人力的產業轉型，很大一部分的熱錢與資源都投入了數位化、自動化科技與半導體產業，多餘勞工被資遣所引發的勞資糾紛案件頻傳，但政府依舊漠視這個議題。

民怨逐漸沸騰，天才駭客艾普曾經預言過的自動化科技將會引發的失業議題，正加快腳步化為現實。

大家都期待著，此刻能有一個充滿智慧、值得信任的完人帶領他們解決這個危機，重建全新的台灣。這份期待在如幻上人宣布從政後，更是形成一股狂熱的崇拜風潮，淹沒了所有曾經對他的質疑與不滿，只要有人在網路上發出質疑或反對上人的聲音，就會立刻遭到網軍洗版，就連總統也公開呼籲台灣民眾，要理性看待信仰。

此時在西門町捷運站六號出口旁的巨幅廣告螢幕裡，偉華正站在上人身邊，背顯得越來越駝了。連日來的直播演講行程都讓偉華越發身心俱疲，氣色也越來越差。相反地如幻上人正浸淫在權力的滋潤下，全副身心都處於巔峰狀態，不但從不疲倦，臉龐也變得比以前更加容光煥發，幾乎看不到一絲皺紋，在直播軟體修圖功能的影響下，顯得更加年輕了。

「年輕人們，告訴你們的父母，他們做不到的，就交給我們，我們將創造出應許之地。」

如幻上人口號一出，站在廣告螢幕前觀看的年輕人也大聲歡呼叫好。輪到偉華發言時，蔓詩也停下了腳步駐足聆聽。

「台灣靈性黨將推動一個大膽的經濟政策。」

偉華難掩緊張，輕咳了兩聲後繼續唸稿。

「此舉……此舉將會消滅台灣的貧窮與階級對立，這也是上人的好友立委劉國福的願景，那就是ＵＢＩ，全民基本收入法案。」

偉華忍住發抖的雙手，繼續唸稿。

「我們很清楚……現階段的台灣，實踐全民基本收入仍有相當的難度，因此台灣靈性黨將會提出……針對台灣年收入破億的產業，其自動化科技的使用比例徵收科技稅，將稅收用來推廣全民基本收入，我們會仔細規劃排富條款，不求快只求穩，循序漸進，保障未來的每一位台灣公民，都能擺脫貧窮，擁有最基本的生存尊嚴。」

偉華一口氣唸完稿件後，感到口乾舌燥，疲憊不已，所有年輕人聽到這段發言，全都張大嘴巴，啞口無言。

如幻上人緊接著大聲疾呼：

「時代變了，工作將為人性服務，未來，我們不再是工作的奴隸。」

年輕人們聽得如癡如醉，不斷雀躍鼓掌舉手歡呼。上人演講時完全不需要備稿，他脫口而出的每一句話都像是充滿煽動性的箴言或詩歌，一群挖地工人從收音機聽到這句話後，也丟下手中的工具，大聲吶喊。

「爽啦，選總統啦、選總統啦。」

正在操控直播機器人直播上人演講的天才駭客艾普，聽到上人的話，早已滿臉淚痕，當初她呼籲全台灣重視全民基本收入的議題，甚至發起遊行卻慘遭忽視，如今在上人的帶領下，那個遙遠的理想幾乎近在咫尺。觸手可及。

上人演說結束後，再次搭起偉華的肩膀，兩人面對鏡頭合影，偉華依舊一臉嚴肅，僵硬微笑，這樣的畫面已經成為最近媒體頭版照片的標配了。蔓詩看著上人與偉華合影的畫面，嘴唇微微上仰，卻立刻變成苦笑，自從她在上人面前堅定地表達自己前往俄羅斯學舞的決心以後，這一切都跟她無關了。

在辦公桌前忙得焦頭爛額的田雞，拿下厚重的遠視眼鏡，揉揉發紅的雙眼，點上眼藥水之後，再度疲憊地繼續在電腦上打政策研究報告。許石誠正慵懶地躺在沙發上，看著如幻上人的直播。

「我只是一個普普通通的人，我不懂政治，但是我會用腳踏實地的精神，為台灣人民服務……」

電視裡的如幻上人用真切、質樸的語調說著，畫面切換到女主播。

「如幻上人宣布成立政黨，為今年的台灣政治圈投下了一顆震撼彈，已經有多名兩黨立委主動退黨，選擇加入台灣靈性黨，甚至有許多民眾，呼籲如幻上人競選總統。」

許石誠一直轉台，然而幾乎每一台都是如幻上人的身影，他感到忌妒與不悅，但沒有表現出來。

上人成立台灣靈性黨的決定對國民統一黨來說茲事體大，他立刻被召入黨內高層會議，討論是要站在上人這邊還是反對他。曾經批判過上人的許石誠原本是國民統一黨默許的網紅打手，現在的他卻變成了黨內外的眾矢之的，再加上這次的立委劉國福失蹤案件，儘管目前警方並未有證據顯示案情與國民統一黨有關，但PTT鄉民們質疑國民統一黨私下將劉國福「消失」的討論聲浪甚囂塵上，種種因素綜合起來，很有可能帶給國民統一黨致命一擊，簡直可以直接退出總統大選了。

黨內高層討論的結果，儘管病毒源頭尚未釐清是否來自中國，有鑒於對世界經濟有著絕對影響力的G7大國們，全都同聲一氣地，將香格里拉病毒疫情擴散至全世界的責任指向中國，民眾的輿論風向也傾向支持上人，而且民主前進黨自從劉國福失蹤之後，對上人的態度變得相對曖昧保守，甚至有內線消息傳出，民主前進黨決定站在上人的對立面。國民統一黨內部經過一番政治利益的權衡研判後，決定反向操作，與上人建立良好關係，並要求曾經直播批判過如幻上人的許石誠公開向上人道歉。

如果許石誠不願出面向上人道歉，國民統一黨將會對他行使黨紀處分，甚至直接要求他退黨，他進入政壇至今累積的一切人脈關係將全都化為烏有。如果許石誠道歉了，就會被粉絲認為是毫無主見的牆頭草，他的聲望將一落千丈，許石誠盤算著種種的可能性後，不禁皺起眉頭，他必須在這個關鍵時刻，找到自己的位置，否則……

一通電話打來，許石誠很難得地主動接起電話。

「喂？Hello?Fine, how are you？啥？你說啥？Wait、wait田雞。接一下。」

許石誠將電話轉給田雞。

「Great. I am waiting for the news. Send me the information and I'll remit the money.」（太好了。我正等著這個消息呢。把資料寄給我，我把錢匯過去。）

田雞用流利的英語回應後向許石誠點點頭，許石誠瞇起眼睛，笑了。

凌晨二點，許石誠立委服務處裡，只剩下田雞一個人在加班。

田雞心力交瘁，不斷猛灌著蠻牛，身體與心靈的壓力幾乎達到極限，這個晚上他必須寫好許石誠對上人的道歉聲明，以及明天的直播企劃稿，還有政策研究報告，為了不牴觸台灣靈性黨的政策還得做大幅修改。

許石誠將會向社會大眾公開向上人道歉，坦言自己批判上人是不智的行為，並轉而支持上人，田雞被賦予的新課題是如何在不違背國統一黨的利益下順利地見風轉舵，卻又平息粉絲的閒言閒語。想到越發繁重的任務，田雞就感到沉重的疲憊與愧疚感……畢竟是這份議員助理工作的豐厚薪資，才讓他得以邊工作邊償還自己競選立委失敗所積欠的龐大債務，並可以繼續待在政治圈。

然而人在屋簷下不得不低頭的屈辱感，不時刺痛著田雞。

田雞煩躁地起身走進廁所洗臉，讓自己清醒一點。

他抬頭看向鏡子，仔細看清楚自己的臉，突然感覺像是面對一個陌生人。田雞發現他的前額髮線似乎更後退了，洗手槽裡全都是掉落的頭髮，兩邊鬢角的髮絲似乎也泛白了。他梳洗完畢後，疲憊地癱坐在辦公桌前，拿起桌上的相框，相框裡的田雞年輕瀟灑，頭髮濃密，穿著競選外套，做出拜票的手勢，外套上還印著：六號無黨籍立委田左文。

田雞看著以前的自己難過不已，他不禁懷疑，剛剛從台大畢業時，那個充滿政治理想的自己，究竟去哪裡了？

田雞緩緩起身，看著空無一人的競選總部，再看向許石誠的廣告牌，內心充滿著疲憊與失望。他突然想起許石誠對他說過那句話。

「下次再害我白跑一趟，You know，我一句話就可以讓你在政壇永遠消失。」

田雞用力吸了一大口氣，試圖將對許石誠的種種不滿吞嚥下去，接著下意識地從口袋裡拿出菸盒點起菸，田雞吸菸之後，一反平時唯唯諾諾的嘴臉，表情變得叛逆、充滿挑釁。

突然，田雞意識到自己第一次在立委辦公點菸。他叛逆的神情在轉瞬間一掃而空。田雞慌張地捻熄菸頭，拿起文件夾拚命地驅散菸味，跑向窗戶邊打開所有的窗戶。許石誠一向對菸味極為敏感，只有待在許石誠看不到的地方，田雞才能暫時鬆弛過於緊繃的神經。

當田雞打開窗戶，往下眺望著台北市人煙稀少的街道時，一股濕冷的強風灌入窗戶，拍打著著他那飽歷風霜的臉，似乎在呼喚他。田雞突然被一股自己也難以理解的衝動所佔據，他不由自主地將右腳攀上窗櫺，只差一點點，他就可以結束一切的煩惱了，然而田雞的手卻始終緊抓著窗邊……

此時，他暗暗地下了一個決定。

當演講行程告一段落後，如幻上人立刻南下高雄，準備隔天傍晚在中正運動場舉辦的個人演唱會，偉華則因為過度疲勞而沒有同行。

這天，偉華睡到下午四點多才醒來，卻依舊感到渾身無力。他草草吃完午餐後，再度疲憊地癱倒在床上，斜眼看著電視上的新聞。

電視畫面上，多名衣著光鮮的科技業巨頭、各行各業的大老闆與政界人士，甚至有幾名和尚全都聚集在中正運動場前齊聲抗議，女記者對幾名抗議者作了即時採訪。

「幻什麼如的，你是斂財斂到起痟膩？我們努力一輩子的成果，就是要當人民的提款機嗎？」

長相土豪，肚子渾圓的男子說完後，啐了一地檳榔汁。

「人性都一樣啦，一旦過太爽就只會墮落成廢物，看看現在的年輕人就知道了，這種政策根本不切實際……」

曾經上過節目的名嘴翁偉德，也在抗議現場接受訪問，但語氣卻少了上節目時的火爆與銳氣。

「如幻上人他是優秀的宗教家，但是他完全不懂商業操作，全民基本收入一旦實現，百分之七十以上的外資都會撤出台灣，到時候全台灣的經濟一定會垮台。」

西裝筆挺，鬢髮斑白的企業家，用堅定而沉重的口吻鄭重警告著。一旁的老和尚也舉起佛珠嘶聲力竭地吶喊，慍怒的表情溢於言表。

「佛陀預言過，末法時代，邪師說法如恒河沙，如幻上人就是魔王波旬派來滅佛的外道邪師啦！」

所有人舉起白布條，重複喊著印在布條上的口號。

「國之將亡，必有妖孽。」
「抵制如幻上人、抵制台灣靈性黨、抵制全民基本收入。」
偉華突然在人群之中發現父母的身影。偉華的母親中氣十足地跟著抗議人潮吶喊，偉華父親嚴肅沉默站在抗議人潮中，顯得尷尬、格格不入。偉華看見父親在鏡頭裡顯得更加纖瘦，蒼老、疲憊，不知為何湧起一陣鼻酸，他發現自己離家很久了。
攝影機鏡頭迅速掃過抗議者後，之後又迅速轉向現場女記者。
「在現場我們可以看到很多立委都參加了抗議，大部分都是民主前進黨的立委跟支持者。但是根據自由島電子報最新的網路民調顯示，台灣靈性黨的支持度居高不下，幾乎快要跟民主前進黨平起平坐了，這次國民統一黨就表現得相當低調軃，就連之前強烈反對全民基本收入的立委許石誠，此時也無聲無息。」
偉華手機突然響起許石誠的來電，邀請他到立委服務處聊聊。
偉華明白，一般狀況下許石誠不可能主動打給他，許石誠認為自己高人一等，就算是打電話也得匹配身分與地位，僅僅是有打工邀約時才請田雞傳簡訊給他，偉華覺得許石誠的邀約動機並不單純，他原本想直接回絕的，然而當他聽到許石誠說的這句話後，改變了想法。
「來看看你的boss有啥不可告人的祕密。」
許石誠拎起盤子裡的龍蝦吃了，伴隨音樂忘情地跳探戈，一邊欣賞電視上的抗議畫面，其他幕僚照例在辦公區工作著。田雞的聲音將許石誠拉回現實。

「許立委，達摩先生到了。」

偉華走進來時，許石誠故作熱忱地招呼偉華。

「Welcome welcome……偉華你來啦。坐，坐吧。要不要吃龍蝦？最近還有在演戲嗎？」

許石誠一邊各種寒暄，眼睛卻上下打量著偉華身上的紅色袍子，努力掩飾內心的嘲諷，差點要憋笑出來了。偉華發現遊戲區的牆上釘著如幻上人的相片，上面還插著一支飛鏢。

「明知故問，找我做什麼？」

「你自己看看吧。」

許石誠示意田雞出去，接著按下遙控器。電視上出現一張俊美的東方人臉孔，穿著黑白條紋的美國囚犯服，留著濃密的黑色短捲髮，他的表情似笑非笑，深黑碩大的眼珠看起來異常冷酷，令人不寒而慄。

偉華感覺到那人有些眼熟。

「還認不出來是嗎？Your big boss.（你的大老闆）」

在許石誠的提醒下，偉華訝異叫了出來，照片上的囚犯竟然是如幻上人。上人照片旁邊寫著英文犯罪者資訊，還附上了中文翻譯字幕。

邪教警示網資料。

團體名稱：白烏鴉。
涉案地點：伊利諾州。
幕後首腦：邢松國（華裔）。
職業：特約演員、表演指導、宗教領袖。
罪名：恐嚇取財、稅務犯罪、非法移民，協助或教唆二級謀殺（六起）、一級謀殺（三起），涉嫌以非法手段誘拐、監禁、性侵信徒。

許石誠欣賞完偉華訝異的表情後，饒有興味地快轉畫面。

一部外國電影的宴會畫面突然定格，特效框框住一張賓客演員的臉後放大，穿西裝的如幻上人站在宴會的人潮中，朝螢幕看了一眼。許石誠的嘴角微微上揚。

「All right。他也曾經當過Hollywood的臨時演員。」

許石誠再度快轉畫面，沒多久電視傳來男女交合的呻吟聲。

幾名外國女子全身赤裸，被五花大綁關在籠子裡哀號著，年輕時的如幻上人跟幾名男門徒全身赤裸關在籠子裡，肆無忌憚地蹂躪外國女子們。

「看來只有在這種片子裡，他的演技才能發揮。」

「夠了沒？」

偉華受不了了，他強裝鎮靜，起身準備離開。

「還沒完呢。他曾經想當super star，演員夢失敗後加入了邪教團體……」

許石誠指著電視快轉後播放的印度靈性導師的講道影像。偉華發現那名印度靈性導師有著跟如幻上人一樣的眼神，澄澈無比，充滿著神祕的磁性。

「他學習一些莫名其妙的修行方法後，就自立門戶，創立了白烏鴉教。這個教派被美國民眾舉報為邪教，被FBI盯上之後，很快就解散了。」

許石誠繼續說著。電視上出現了畫質頗差的錄像，一群穿著淡藍色袍子的外國人群聚在森林裡，手牽著手圍繞著年輕時的如幻上人。

上人正對其中一名女門徒實施「夏克緹」加持，所有外國男女門徒們閉上眼睛，彼此手牽著手，每個人的表情都陶醉其中，充滿喜悅。

「他被保釋後，為了躲避警方調查跑去整形，逃回台灣後找了劉國福幫忙，才成立了S．R．T。」

伴隨著許石誠的描述，偉華眼前浮現了留著烏黑短捲髮、深黑色眼珠的如幻上人的臉，逐漸地變成金色長髮、湛藍色眼珠。

「還有更勁爆的。」

許石誠快轉畫面，畫面迅速切換為如幻上人使用各式皮鞭，頸圈與乳夾等等性虐工具，將亞洲面孔的女子五花大綁，性虐女子的影片。影片中還散亂地放著好幾件印有如幻上人肖像的T恤，這意味著，這些女子是台灣的S．R．T女教徒。

「我超佩服你boss的，國內外通殺，太厲害了。呵呵呵……」

偉華驚愕不已，深受震撼，看到種種無可辯駁的鐵證，讓他不知不覺腿軟蹲了下來。

「一定是假的、假的。」

偉華崩潰了，嘴裡喃喃自語試圖說服自己，然而心中卻不斷湧現相反的想法。一種難以言喻的空虛與矛盾，幾乎將偉華整個人撕裂。

「弄到這些資料可花了我一大筆錢哪。造假？」

許石誠搖頭苦笑，依舊露出招牌式地嘲諷表情。

「不可能。如果耶穌再來，他一定會被當成騙子、神棍看待，因為……算了你不懂，你只是個無恥的政客。」

許石誠絲毫不理會偉華那蒼白無力的辯駁，他拍著手，一派輕鬆地邊說邊起身。

「我是不懂，這樣吧，證據公開，讓大家來judge（評斷）如何？還是讓美國警方、ＦＢＩ來認人？」

偉華深知許石誠這一舉動的後果。

「你想怎麼樣？」

許石誠走到偉華身邊，居高臨下地看著偉華。

「重點是你想怎麼樣？揭發上人？你就變成一無所有的loser。勞斯萊斯、女人、全民基本收入、great ideals（偉大的理想）？」

許石誠笑看著偉華，雙手誇張地比出爆炸的手勢。

「砰！沒了、全沒了。歡迎回到loser的世界。或者another choice。」

「什麼選擇？」

偉華很反感許石誠這種中英文夾雜的說話方式。

「禿子follow the Moon，你懂我的意思嗎？未來他當選總統後，我要當行政院長。」

許石誠毫不猶豫地說出他的條件，暗示偉華必須擔任中間人，要如幻上人幫助自己「上位」，他將會提供所有的人脈與資源幫助上人選上總統。對政治的世界極度反感的偉華，從沒想到自己正在陷入一個無比骯髒齷齪的政治泥沼，面臨著許多政客都面臨過的「考驗人性」的選擇。

突然間，一個極端惡毒的想法閃過腦海，偉華面露凶光，看著許石誠。

「別這樣看我，I know what you're thinking（我知道你在想什麼）。Listen!在到達目的之前，要是我有什麼意外，這些資料都會不小心公布了，所以請你的boss別想動什麼歪腦筋。」

許石誠用下巴看著偉華，緩緩湊近偉華的耳邊小聲說：

「我們一起，拿下全、台、灣。」

偉華離開後，田雞站在窗戶邊上，用一種冷靜的目光，俯視看著偉華坐上勞斯萊斯離開。他再度點起了菸。

「田雞，在幹什麼？過來。」

聽到許石誠的命令聲，田雞一反以前唯唯諾諾、急驚風似的窘態，他深深地吸了一大口菸後，緩慢地將菸按在玻璃窗上捻熄。

ꝸ ꝸ ꝸ

偉華離開許立委的辦公室回到住處時，天色已經昏暗了，傍晚還是相對晴朗，此刻卻又下起了大雨。他搭乘的白色勞斯萊斯正要駛進地下停車場時，被一個身影擋住了去路。偉華聽到熟悉的聲音。

「華唉。」

偉華看到全身溼透的阿南站在眼前，思考了一下，向戈文達表示要下車。戈文達立刻替偉華開車門，撐好傘。偉華走向阿南，故作冷酷地詢問。

「有什麼事嗎？」

「能聊一下嗎？」

戈文達擋在兩人中間，充滿敵意地瞪著阿南。

「沒事，傘給我，你可以走了。」

戈文達一語不發地合掌鞠躬告退後，將勞斯萊斯開走。阿南一個箭步衝向偉華，拉起他的衣領。

「你到底怎麼了？」

「我不知道你在說什麼。」

偉華睥睨看著阿南，刻意用一種冷漠驕矜的語氣說著，試圖掩飾自己內心隱忍已久的挫折，然而阿南畢竟是偉華的老友了，很快就察覺到偉華是在硬撐。阿南粗壯的大手用力一揮，撥掉偉華手上的雨傘。

「清醒點好不好。你知不知道你在幹嘛啊？全台北市都是那個假外國人的臉，每天都在唸那個什麼嗡阿吽的，不覺得很噁心嗎？」

「很多人不這麼想。」

「好我不說這些，說說你自己吧。你忘了你的夢想嗎？成為一名演員。像馬龍白蘭度、三船敏郎、還有傑克……什麼菲尼斯那樣偉大的演員。」

「是瓦昆・費尼克斯。我現在也像個演員啊。起碼有名了是不是？呵呵。至少不需要每天被那些瞎導演羞辱。」

「你現在像個小丑還差不多。」

偉華輕蔑笑了一下。

「如果你只想說這些，那我先走了。」

偉華語畢後，毫不猶豫地轉身離開。

「華唉。」

偉華聽出阿南哽咽的語氣，腳步不自覺停了下來。

「我們幾個好馬吉好久沒有聚聚了，有空約一下，吃個飯聊天什麼的，好嗎？」

阿南發自肺腑的關懷差點讓偉華的淚水奪眶而出，但他努力將淚水吞下，依舊頭也不回地離開。

偉華回到房間後，忍不住狂躁、憤怒地踹椅子，椅子踢壞了，就摔其他的家具，他實在找不到其他方式發洩自己的負面情緒了。

突然一通沒有顯示號碼的電話打來，偉華拒接，但是電話打了好幾次，偉華撫平情緒後才接起電話。

「喂？你是誰？」

偉華原本的語氣相當不悅，然而當他聽到來電內容後，沉默了。

「好。但我得先確定內容。」

不久後，偉華坐在電腦前焦急地等待著，突然電腦跳出「未知寄件人：接收（y/n）？」

偉華按下接收，看著電腦傳來的檔案。偉華眼睛閃爍著螢幕的光芒，隨著接收到的檔案越多，他表情越來越難看，到最後才出現的幾張照片，澈底碾碎了偉華的理智，那是蔓詩全身被赤裸裸地五花大綁、被上人性虐、揪住頭髮口交的淫照，照片裡的蔓詩弓起濕潤修長的背，披散著長髮，眼神迷濛渙散，滿嘴都是濕黏的體液……

偉華憤怒地用力捶桌子，一張卡片從桌上掉了下來。他克制發抖的雙手將卡片撿起來，那是當初蔓詩寫給他的邀請卡，偉華激動地將卡片撕碎後不斷踢著牆面，看到了貼在牆壁上的瓦昆・菲尼克斯的海報。

偉華強忍著憤怒，盯著海報呼吸急促，雙手扶著牆試圖保持冷靜，一邊唸著「瓦昆菲尼克斯金句」。

「I don't bring my life in to a character at all......」（我扮演的角色並不會影響我的生活……）

偉華突然用力用頭撞牆，將上人的法相從牆上拔下來摔碎，隨手抓了外衣穿好狂奔出門，衝進雨中。

蔓詩正獨自一人在舞蹈教室練舞，舞蹈教裡的鏡子重重映出蔓詩的倒影，在練習一個轉身動作時，蔓詩的眼角似乎瞄到鏡子裡快速閃過一道白影，蔓詩仔細一看，除了自己，什麼都沒看到。

蔓詩的心裡有些發毛，決定回家。她打開寄物櫃拿出包包，寄物櫃門的內側有一個日曆，還有鏡子。蔓詩拿起簽字筆，在日曆上今天的日期打X，距離表演日期八月二十四日只剩一個禮拜了，她凝視鏡中的自己，黑眼圈越來越深了。此時蔓詩聽到舞蹈教室傳來女人的歌聲，蔓詩感覺歌聲很熟悉，她疑惑地走到舞蹈教室，什麼都沒看到，歌聲也停止了。蔓詩嘆了口氣，將教室的主燈關了。當她一轉身，卻再度聽到熟悉的歌聲，蔓詩猛然回頭，發現母親穿著一襲黑色舞衣，正悠悠地哼著歌，緩緩跳著舞。

蔓詩倒抽了一口氣大喊：

「媽……」

蔓詩母親的表情蒼白冰冷，沒有理會蔓詩，依舊自顧自地跳舞。蔓詩認出母親跳的是《火鳥》的舞步，而且腳上穿的就是母親送她的桃紅色舞鞋。

突然，一個渾身發著綠光、臉龐潰爛的長髮怪物現身，滿嘴的利齒咬住蔓詩母親的腳。蔓詩母親掙扎哀號著，小腿肌肉被怪物硬生生地撕裂，血肉模糊間微微露出淡黃色的脛骨，突然喀啦一聲，脛骨被怪物咬斷了，緊接著腳筋也被咬斷了，桃紅色的舞鞋上，沾滿了濁紅的血跡。

蔓詩的母親倒在地上張牙舞爪、淒厲哀號著，試圖爬向蔓詩，怪物的利齒咀嚼著蔓詩母親的小腿肉，用長舌頭將嘴邊的血液舔乾淨後，用詭異、嘲諷的眼神瞪著蔓詩說：

「妳媽媽的肉，好好吃。」

另一名長髮怪物也從虛空中現身，咬住蔓詩母親的脖子，抬頭看著蔓詩，猙獰地笑了。

「業力，是無所不在的。嘻嘻嘻、哈哈哈……」

怪物詭異的嚎叫聲不斷迴盪在舞蹈教室裡。

「蔓、詩……救我。」

蔓詩的母親絕望地在地上哀求著，費力地爬向蔓詩，蔓詩害怕地閉上眼睛，合掌默唸。

「南無如幻上人，保佑弟子瑞塔娜的母親擺脫業力修羅的糾纏。嗡阿吽班札、嗡阿吽班札、嗡阿吽班札……」

突然一隻手碰到蔓詩肩膀，蔓詩尖叫睜開眼睛，原來是偉華。舞蹈教室的燈已經被打開，蔓詩母親、怪物全都消失了。

「偉華？你怎麼來了？」

偉華渾身濕透，氣喘吁吁，過了好一會兒才說話。

「蔓，對不起，我真的很擔心妳。」

「別說了，最近別找我好嗎？我快要演出了。」

「我只想知道一件事。」

偉華的雙手緊緊拖住蔓詩的肩膀，弄痛了蔓詩，偉華緊迫盯人的態度也讓她下意識地感到不悅。蔓詩用力甩開偉華的手，斥責偉華。

「你到底想知道什麼？高偉華，我希望你明白，當初我接引你入教，只是想渡化你，沒有別的意思……」

偉華打斷了蔓詩。

「上人，他有沒有逼妳做？」

「什麼？」

蔓詩退了一步，偉華向前逼進一步。

「妳知道我的意思。」

「偉華。你怎麼可以汙衊上人，上人已經開悟了，他已經不受情染的困擾……」

蔓詩滿臉潮紅，試圖用惱羞成怒的語氣回答，但偉華打斷了她。

「我都看到了。」

蔓詩的眼神閃爍著，疑惑地看著偉華，偉華的眼神卻無比堅定。

蔓詩從偉華的眼神裡澈底明白，自己再也無法說謊下去了，她一語不發，拿起包包轉身就走，偉華及時抓住蔓詩的手，急切地說著。

「上人是個騙子，妳被洗腦了知道嗎？他在美國成立過邪教，性虐女門徒，被美國警方通緝，現在回來……」

「是。我是自願被洗腦，怎麼樣？」

偉華對蔓詩的回答震驚不已。

「蔓，為什麼妳明明知道他在傷害妳，卻還要繼續騙自己？妳知道嗎？還有很多人被……」

「夠了！」

蔓詩甩開偉華的手後叫了出來，她的內心難過，但刻意顯得冷漠。

「我爸從小就丟下我跟我媽跑了，我媽也過世了。我一個人苦撐到今天，好不容易找到心靈的支柱，你卻要破壞它。」

偉華看著執迷不悟的蔓詩，一時之間竟無言以對。比起蔓詩遭到上人玷汙的痛苦，他更痛心的是，蔓詩明知道自己被傷害，卻依舊袒護著上人，他完全無法理解蔓詩怎麼了。

「你走，我不想再看到你。」

「蔓，對不起，我……」偉華的聲音開始顫抖。

「走！」

蔓詩的咆哮聲，迴盪在舞蹈教室裡……

偉華看到蔓詩決絕的表情，知道她是認真的，只好無奈地轉身離開。偉華離開後，蔓詩的表情變得空洞渙散，她緩緩地跌坐在地上。突然，她的眼神閃過一絲憂慮。

蔓詩神情恍惚，慢慢地用發抖的手打開包包，拿出手機。

第九章　背叛

在大雨中，偉華摀住耳朵崩潰狂奔，無論他跑到哪，周遭來來去去的人潮幾乎都是穿上紅T恤的年輕人，街上銷售液晶螢幕的商店、電子廣告螢幕全都播放著如幻上人在高雄中正運動場舉辦的直播演唱會。演唱會現場人山人海，足足有將近三萬五千人入場，之前造就同樣盛況的情景，只有麥可傑克森來高雄開演唱會的時候，地點同樣是高雄中正運動場。

「我們是一體的，萬物是一體的，大家跟我一起唱。」

彷彿向麥可傑森致敬似地，如幻上人的衣著與髮型刻意模仿麥可傑克森，戴著潮牌墨鏡，與舞台上的年輕男女們手拉著手，唱著麥可傑克森的名曲「We are the world。」。

上人儘管已經六十歲了，但唱起歌來中氣十足，渾厚悅耳，他的精力旺盛得可怕，絲毫不輸給年輕人。偉華狂奔時不斷聽到上人的歌聲，上人渾厚悅耳的歌聲聽在他耳裡，猶如刺耳穿腦的魔音，不斷轟炸著偉華敏感的神經。為了上人，為了S．R．T，他彷彿將自己的一生全都賭進去了，他曾經體會過開悟的極致喜悅，此刻的心情卻比遭受地獄之火的灼燒，還要痛苦千百倍。

偉華終於跑累了，他停下來喘著氣，身旁的廣告螢幕，依舊在直播著如幻上人的演唱會。此時如幻上人一彈指，所有的音樂瞬間停止。所有聽眾也立刻安靜下來，屏息以待。上人指著觀眾大吼：

「我愛你們！」

聽眾們的情緒再度沸騰起來。

「我要宣布一個重要的訊息。昨晚我在星靈界冥想的時候，一陣強烈的白光出現了，我立刻認出祂是誰，祂就是……佛祖釋迦牟尼。」

聽眾們連連驚呼，緊接著爆出如雷的掌聲，上人舉起雙手圍繞著舞台走動著，接受足夠的掌聲後，示意聽眾們安靜下來後再度開口。

「釋迦牟尼相當禮貌地提出一個請求。」

上人停了一會，環視了整個運動場上充滿期待的眼神，故弄玄虛地說：

「為了拯救末法時代的眾生，祂希望與我的意識合二為一，我將成為佛陀預言的未來佛，彌、勒、佛。」

台下的觀眾們，對這個救世主降臨的荒誕宣言，再次報以更熱烈的掌聲與歡呼聲，女主持人順勢拿起麥克風走到如幻上人身邊。

「八月二十四號，如幻上人將在台北市的大佳河濱公園，舉辦彌勒佛的登基儀式。當天也是台灣靈性黨宣傳片的首映禮喔。但是更重要的是，大家聽好了。上人將會送給現場所有人，一份特別殊勝的大禮喔。」

如幻上人輕輕咳了一聲，沉默了幾秒鐘才接著說。

「當佛陀與我合一，我的加持力將會到達無量無邊的境界，所以當天也是唯一一次機會，我將賜予眾生最高層次的夏克緹開悟。親臨現場的人將永遠獲得開悟的境界，永不退轉，不僅如此，他們過世的親人也將榮登極樂世界。」

偉華憤怒地瞪著廣告螢幕上的如幻上人。

「我、將、消、滅這個世界上，所有的業力。」

如幻上人充滿自信、昂揚地祭出承諾後，緩慢地高舉雙手，彷彿整個宇宙正以他的雙手為媒介，將靈性的能量分享給聽眾們。底下的聽眾們全都高舉雙手，閉上眼睛，雙手如同波浪般搖擺著，歡悅地唱誦著。

「感恩上人、讚美上人、嗡阿吽班札，感恩上人、讚美上人、嗡阿吽班札，感恩上人、讚美上人……」

偉華聽到周遭的人都跟著唱誦著「感恩上人、讚美上人……」，他一轉身，發現周遭越來越多人如同行屍走肉般，緩緩走到廣告螢幕前，不顧大雨淋濕身體，扔下雨傘，一個個跪倒在廣告螢幕面前，圍繞著廣告螢幕形成一個巨大的圓圈。

渾身溼透的偉華感到恐怖、噁心與懊悔，他再度崩潰跑遠，跑進附近小巷裡不斷嘔吐。

「必須趁早將所有證據交給警方。將這個神棍繩之以法。再晚就來不及了。」

正當偉華這麼想時，突然一記悶棍打在偉華腦門上。

黑衣人看著倒在地上暈厥的偉華，接著幾名黑衣人迅速從旁邊的九人巴士下車，將偉華抬走扔進車廂。

一道水柱將偉華沖醒，偉華的眼前由模糊逐漸變得清晰，周遭瀰漫著一股血腥、酸腐的氣味，他看見了倒著的如幻上人、蔓詩以及一身黑衣，拿著水管的高保，還有……戈文達。偉華感覺到手腳發麻、動彈不得，才發現自己全身被捆綁倒吊在半空中，他拚命掙扎，卻只能晃來晃去。

「對不起。」

蔓詩表情空洞漠然，嘴裡卻下意識地喃喃唸著，聲音小到別人根本聽不見。

如幻上人走近偉華，表情憔悴地說：

「你是我最信任的弟子……曾經。」

上人用眼神示意高保，高保用力抓住偉華的頭髮，朝偉華的鼻樑下了一記鉤拳，偉華的鼻樑瞬間爆血。蔓詩雙手摀住臉，不忍直視。

「上人。求您不要傷害他，好嗎？」

蔓詩跪在上人面前懇求著，如幻上人憐惜地撫摸蔓詩的頭髮。

「沒事的，瑞塔娜。達摩克爾提被業力化身的修羅鬼附體了，我這樣做是在保護他。」

「那麼上人，關於我的母親……」

「瑞塔娜，我真的不願意看妳的母親受苦，但是她的業力已經累積到我也無法承擔的地步了。」

蔓詩哭了，如幻上人溫柔地抹去了她的眼淚，湊近蔓詩的耳邊小聲說。

「除非，我與佛陀合一的時候妳能到場，那時我的加持力足以……」

「別聽這個變態鬼扯！」

偉華大吼著打斷上人。變態這個字眼瞬間將上人的「神格」拉到臭穢無比的糞泥坑，上人的臉色一陣青一陣白。

「全都出去。」

上人命令道，蔓詩與高保，以及戈文達全都恭敬地合掌鞠躬離開。如幻上人緩緩走近偉華，抓住偉華的頭髮瞪著他。

「看著我。」

如幻上人眼睛睜大瞪著偉華，輕輕將併攏的食指與中指放在偉華眉心。

「達摩克爾提，我的靈媒，我的傳信人，現在悔改還來得及……告訴我，是誰蒐集了這些證據？」

偉華眼神變得朦朧，好像受到催眠般。

「是、是……」

偉華突然用力咬住上人的手，上人痛得尖叫，用力拔出手指。

「去你媽的悔改！」

偉華咆哮著，剛剛他只不過是在表演而已。突然他意識到，自己已經完全感受不到上人的「神祕能量」了。如幻上人用力卯了偉華一拳，修長飽滿的手指全沾滿了偉華的血。上人眉頭微皺，從口袋裡拿出白手巾仔細地擦拭血跡後扔掉手巾，慢慢湊近偉華耳邊。

「沒關係，主流媒體、政客全都成了我的人，你的證據算什麼？」

如幻上人拍拍偉華的臉頰。

「你會明白的。等你明白，你依然會獲得我的祝福。」

如幻上人走出門口，與高保擦身而過，嘆了一口氣。

「幫我驅逐他體內的修羅鬼。」

高保一語不發地點頭，將左手套上帶刺的指虎。上人走遠時，整個密室都迴盪著偉華的哀號聲。

沒多久，奄奄一息的偉華被高保與戈文達關進一個巨大的鐵籠子。戈文達從偉華的口袋取出手機與錢包，將錢包裡的錢取出後，將偉華的私人物品全都扔進垃圾桶。

夜空不斷地打雷下雨，蔓詩獨自一人走在路上，渾身濕透，表情詭異地笑著。為了上人，為了信仰，她出賣了自己的好友，對上人的罪惡視而不見，奇怪的是，此時的蔓詩，卻在心中感到一股奇特的如釋重負感。好像將整個社會充滿桎梏的框架與束縛，統統拋諸腦後了。

突然，天上打了一道巨大的響雷。

蔓詩的意識瞬間中斷，彷彿與過去的自己澈底一刀兩斷。她抬起頭，看見雷光閃爍的夜空中，一隻渾身火焰的巨鳥在天空盤旋著，那景象對蔓詩而言，充滿了神祕的威嚴與壯麗，巨鳥鳴嗷一聲後，以迅雷不及掩耳的速度朝蔓詩撲來。

轉瞬間，蔓詩的身體熾烈地燃燒著……蔓詩若有所悟，充滿張力地舞動雙臂，在大雨中瘋狂地跳舞，雷光電閃間，蔓詩彷彿化身為奔放展翼的火鳥。

台北世紀芭蕾舞團的氣氛異常地緊張，這天是演出前的最後一次驗收。葉教授一來，就要求蔓詩與俄籍男舞者先試跳《火鳥》舞劇最關鍵的段落之一。

芭蕾舞劇《火鳥》的故事，是描述伊凡王子闖入了秘境叢林，發現並抓住了美麗而神祕的火鳥。火鳥懇求王子放她自由，王子心生憐憫，終於釋放了火鳥。火鳥為了感激王子的一念之仁，送給王子一根紅羽毛，表示如果王子未來有難，只要揮動這根羽毛，火鳥就會不顧一切來拯救他。

葉教授一直為「火鳥被釋放」的情節懊惱不已，他不斷思索著如何讓蔓詩的表演更有神性，更富有情緒張力，他為此編排了各種版本的舞步，卻始終不太滿意。然而當蔓詩開始表演時，她的舞步時而內斂，時而狂放不羈，漸漸地每一個舉手投足都越來越激烈、充滿爆炸性的能量，葉教授看得目不轉睛，所有的疑慮早已煙消雲散。其他舞者坐在地上，屏氣凝神看著蔓詩的舞步，過往對蔓詩的不服氣全都轉為由衷地敬畏。蔓詩跳到一個節點後，突然忘我地用力將男舞者甩在地上，張開象徵翅膀的雙手，憤怒瞪著男舞者。

蔓詩喘著氣，現場一片肅靜。

突然，一陣拍手聲響起，葉教授用力地鼓掌，所有舞者也由衷敬佩地拍手。

「Excellent! I've never seen such a Жар-птица, full of spirit, different from tradition. It's full of evil and mysterious spirit.Ratana, you have made too much progress, I am looking forward to you in front of audience!」（太好了。我從沒看過這樣的火鳥，充滿靈氣，跟傳統不同，是一股邪魅神祕的靈氣。瑞塔娜，妳進步太多了，我很期待在觀眾面前的妳。）

葉教授眼睛發亮，訝異不已，他真摯地讚美蔓詩的進步，然而蔓詩滿臉疲憊，早已沒有力氣回應葉教授的讚美。

「痛痛痛……馬的。」

偉華握著腳趾哀號著，手掌心也充滿了灼燒的刺痛感。他張開手掌，上面布滿了破皮的傷口。監視偉華的戈文達，幾乎吃睡都在偉華被關的鐵籠附近。每當戈文達暫時離開時，偉華就用盡各種方法破壞鐵條，除了弄得全身是傷以外，毫無成果。他平躺下來，意識到喉嚨異常地乾渴、刺痛，腹部也絞痛不已，他已很久沒有喝水吃東西了。

突然一道強力水柱噴向偉華。戈文達瘋狂揮舞著水管朝密室內噴灑水柱，一邊興奮狂笑著。幾天以前，戈文達還是幫偉華提行李開車的助理，如今他竟然受到上人欽點，監視這個大叛徒，不僅薪資暴漲數倍，偉華的勞斯萊斯也一併轉入他名下，身分地位的大反轉讓戈文達感受到一種病態的優越感，偉華為了活下去，也只能拚命張嘴吞水。

戈文達吃飯時，還刻意點了昂貴的牛排外送，他一邊吃牛排，一邊用嘲諷、睥睨的眼神觀察著偉華，果不其然，偉華用飢餓、垂涎欲滴的眼神看著牛排。戈文達突然心生一念，吐出自己嚼到一半的牛排，像餵狗一樣扔給偉華，偉華猶豫了好一會，還是將沾滿口水的牛排吞下了。

「乖狗狗。慢慢吃啊呵呵……」

此時的偉華，已經餓到無暇顧及人格與尊嚴了。

已經第四天了，偉華奄奄一息地躺在潮溼的地上，拿著碎石子在牆壁上刻正字，記錄他被關的日子。這幾天他不斷思考著未來種種的可能性。

如果上人順利選上台灣總統，全台灣會逐漸變成像共產黨那樣的獨裁、極權統治。許石誠或許會因為掌握上人的犯罪證據，順利當上行政院長。等到上人政權穩定以後，他必定會將許石誠以及掌握證據的相關人等一併「消失」。

上人將會透過天才駭客艾普及其他門徒的幫忙，將所有不利於他的犯罪證據澈底銷毀，湮滅得一乾二淨，甚至是在美國的犯罪證據，以艾普的天才，駭入FBI網站也是有可能的。

為了維穩，上人會設法控制所有台灣的警政系統，甚至網路。S．R．T將會設立祕密警察部門，不、上人已經在這麼做了，抓走我的人，不就是未來的祕密警察嗎？祕密警察的首腦，一定是上人最忠誠的護法高保。

偉華疲憊地沉沉睡去，沒多久卻感覺到眼睛彷彿進了風沙般刺痛不已，他張開眼睛，被強烈的光照到差點睜不開眼。

偉華適應了光線以後環顧四周，發現周遭風沙飛舞，遠方飄盪著詭異的煙硝。偉華爬上制高點四處張望，發現不遠處，有持槍的軍人在街上走動著，四處都掛了S．R．T的旗幟。每個士兵身上穿的裝備服，都印了S．R．T的logo。

遠方傳來陣陣叫囂聲，吶喊聲，偉華避開軍人，循著聲音的方向走去。

不遠處，一群年輕人在街頭舉布條抗議吶喊，與駐守的S．R．T士兵發生推擠、鬥毆。士兵們朝年輕人噴灑水柱，扔煙霧彈。

年輕人們一邊抵抗一邊吶喊：

「反抗專制暴政。恢復法治社會。還我言論自由。解除戒嚴。解除戒嚴……」

在混亂之中，數名年輕的女反抗者們衣服被士兵扯爛後，被抓走關進卡車。偉華發現神情肅穆的高保站在高處，環顧著反抗的人潮，上人也現身了，似乎對高保說了什麼。

高保點點頭後，手一揮，S．R．T的士兵們立刻開槍掃射年輕人。

在如雷貫耳的槍聲中，偉華感覺到耳膜都快被震破了，他摀住耳朵趴倒在地，現場死傷無數。在混亂之中，偉華也被流彈擊中了。他的胸口痛到無法呼吸，汩汩地湧出溫熱的血液，漸漸地失去意識……

偉華被嚇醒了。這個生動無比的夢境嚇得他渾身冷汗。

「上人當初批判中共的獨裁統治時，比任何政客都還來得直言不諱，為何現在會變成這樣，為什麼？」

偉華他感到胸口隱隱作痛，再度陷入憂鬱絕望的深淵，他回憶與上人相處的種種，試圖為上人的「走佛入魔」理出頭緒。

「或許上人是用他那雙充滿神祕磁性的眼睛，就像俄國妖僧拉斯普丁一樣，以一人之力，迫使整個沙皇政權都臣服在他的淫威之下？」

「還是……上人透過多年的苦修，真的開悟了，他獲得了某種與神祕的宇宙能量溝通的渠道，使任何接近他的人體驗到心醉神迷的靈性體驗，甚至看見天堂與地獄？」

「如果上人的種種惡行只是表演，目的是為了考驗我們對他的信心呢？就像是……耶穌？耶穌也展現了神蹟。不，上人的神蹟是假的，是我為了讓上人獲得更多關注而造假的，但是夏克緹卻是真的……」

偉華的思緒越發紊亂癲狂，突然，他的腦中傳來陣陣嘲諷的冷笑，是許石誠。偉華想起許石誠曾經用諷刺的口吻，爆料上人在美國成立邪教的歷程。

在許石誠繪聲繪影的描述下，偉華內心逐漸勾勒出如幻上人「充滿傳奇」的求道之旅，上人從未公開表示過他師承何人，又為何擁有夏克緹加持的能力，如今似乎都豁然開朗了。

年輕時的如幻上人，曾經在好萊塢混跡多年，努力想成為電影明星。

他失敗了，或許並非他毫無條件，或許是他的亞裔身分阻擋了他的演藝事業發展的多元性，或者他的演技天賦並未達到好萊塢嚴苛的標準。總之，當時的如幻上人追夢失敗後，不斷在尋找精神上的慰藉或出口，在百般追尋之後，他參訪了來美國宣教的印度靈性導師。

當上人走進印度靈性導師的房間時，奇特的薰香味撲鼻而來，他環顧四週，或許看到房間內坐滿了外國年輕人，年紀漸長的嬉皮士，所有人都穿著紅袍，脖子上戴著黑色串珠。禿髮、留著長鬍鬚的印度靈性導師，穿著印式風格的白袍端坐在沙發上，表情祥和，渾身上下都散發出超然的寧靜。

上人第一次凝視著印度靈性導師深邃的眼眸，就深深地被導師散發出來的脫俗氣質所震懾，禁不住熱淚盈眶了，他追求明星夢時，所遭遇到的打擊與挫折，瞬間煙消雲散。他虔誠地頂禮，當下就祈求導師收他為徒，並立誓要將下半輩子都用於追求精神的超脫。

印度靈性導師仔細地洞察如幻上人的眼睛，或許發出了會心的一笑，有句東方古諺說「當徒弟準備好了，師父就會出現」，年輕時的如幻上人也許就是印度靈性導師等了一輩子才等到的優秀門徒。於是印度靈性導師立刻張開慈悲的雙臂，接納了這位飽歷風霜的年輕人，並讓他體驗了神祕的夏克緹加持，當時的如幻上人或許也渾身發抖，喜悅呻吟著，被那股能量深深地震撼……

這時，偉華突然回憶起上人曾試圖對他使用夏克緹加持，要偉華供出是誰蒐集了對他不利的證據時，為何當時他再也感受不到夏克緹的能量了呢？

「夏克緹，究竟是什麼？」

偉華設想了各式各樣的可能性，從心理學到催眠術，從毒品到致幻劑等等，卻始終找不到最合理的解釋，疲憊不已的偉華決定放棄，但他至少確定一件事……

「只要意志夠堅定，就可以擺脫這股力量。」

偉華想起失蹤的劉國福。許石誠曾經透漏過，上人回到台灣後，在劉國福的幫忙下才成立了S．R．T的，劉國福是上人的老同學，極有可能知道上人的所有祕密，他打從一開始就「信仰免疫」了，難怪比起做個襯職的信徒，他更像是個合夥人與投資者。

想到這裡，偉華心中升起一陣不祥的預感，他搖搖頭讓自己再度冷靜，用最客觀的思路梳理上人的洗腦模式。偉華發現，當信徒的心智處在脆弱開放的情況下，上人的夏克緹加持，無論那股神祕力量為何，都足以趁虛而入，使信徒產生產生幻覺？想到這裡，偉華又猶豫了。

「在夏克緹加持下，我所經歷的天堂與地獄，究竟是幻覺還是真實？如果那是真的……」

然而當偉華環顧四周陰森的密室，還有在他面前大聲打呼，睡相猥瑣的戈文達時，不由得苦笑了。突然，偉華的內心猶如撥雲見日，胸中湧現一股奇特的力量與勇氣。

「就算是我死後真的到了地獄又如何？呵呵，我已經在地獄裡了。什麼死後的世界？什麼天堂地獄？去他媽的！」

偉華精神抖擻，眼神明亮銳利，他終於澈底覺醒了。

「上人，他利用了完美無瑕的話術與煽動人心的演講，宣洩負面情緒的S．R．T冥想，還有神祕的夏克緹加持……種種手段都是為了讓信徒放鬆警惕，建立牢不可破的信任。

接著上人便以業力為恐嚇手段，以實現夢想、獲得靈性成就為誘惑，慢慢說服所有信徒，成為服務他私人慾望的奴隸，特別是有財力，有影響力的信徒。

隨著上人的聲望與影響力越來越大，他對權勢與名利的渴望也永無止盡地膨脹，他變得越來越任性張狂，不願再「扮演」靈性導師的角色，而是成為徹頭徹尾的暴君，所有信徒都必須無條件臣服於他，將他奉若神明，那才是真正的他，渴望成為明星的自戀狂，長不大的幼稚男，就算他真的是神，也是個殞落的神！

上人的仙風道骨，遺世獨立，全都是精緻包裝下的謊言，而大部分台灣的年輕人早已深深陷入這個巨大的謊言當中，無法自拔。」

偉華突然又想到當他被上人刑求時，上人曾大言不慚地對偉華說：

「主流媒體、政客全都成了我的人，你的證據算什麼？」

偉華畢竟曾經是上人的心腹，深知此時的上人對自己太過於自信，不太可能會費心調查、湮滅自己的犯罪證據。為此，偉華決定苦撐下去，繼續想方設法逃離密室，揭發上人。

這幾天他曾經找機會試探戈文達，說服他一起揭發上人，但一點用都沒有。

偉華不禁感嘆，被洗腦是多麼可怕的事，人的自我意志有多麼脆弱，需要攀附一個信仰、理念，那怕是再荒謬的……

此時地上有一個金色發光的小物體，吸引了偉華的注意。

他將小物體撿起來仔細看了看，是金色的假牙。偉華心中閃過不祥的預感。他再度摸摸地面，發現了另一顆金色假牙，偉華仔細端詳假牙，發現上頭沾著血，還散發出一股濃郁而熟悉的腥臭味，地上還有尚未清理乾淨的血漬、污漬，因為時間過久，已經呈現暗黑色。

偉華叫了出來。

他想起某次與上人一起吃飯時，立委劉國福朝著他開懷大笑的畫面，當時偉華就注意到劉國福的滿嘴金牙，還有他口腔散發出來的獨特臭味。

「劉國福失蹤……不、不是失蹤，他是被『消失』了。」

偉華渾身顫抖，他幾乎可以想像幾個人在密室內，拿鈍器攻擊劉國福的畫面，劉國福的頭顱遭到鈍器猛然一擊，嘴巴噴血，數顆金牙噴出來。

偉華一陣作嘔反胃，立刻扔掉假牙，俯身嘔吐。

第十章　彌勒再臨

這幾天，各家電視台幾乎每天都在播送著如幻上人的法會宣傳行程。

上人馬不停蹄地接受各縣市首長的邀請，全台走透透，所到之處都受到民眾熱烈歡迎。大票的男男女女搶著與上人合照，上人對這一切來者不拒，謙遜地與他們合照簽名，幾乎有求必應，有的民眾甚至一看到上人就暈厥倒地了。上人吃的美食，身上穿的衣服，無不造成一股熱銷的旋風。

當新聞記者詢問上人偉華的近況時，上人僅僅謙和地表示達摩克爾提身體略有不適，需要休養一段時間。

同時，大佳河濱公園也火速進行著法會現場的架設工程，參與工程的工作人員幾乎全是上人的門徒，每個人都充滿活力、滿臉笑意地工作著，即使一日三班日夜趕工，但過程中沒有傳出任何工作人員抱怨，也沒有居民對架設工程產生的噪音提出抗議。

法會現場很快地順利完工了，簡直就像演唱會現場。巨幅廣告牌也被架起來，印著如幻上人穿著華麗法袍打坐、全身發光的身影，上面用名家的草書字體寫著「如幻彌勒真佛合一大法會」。

終於，到了萬眾期盼的八月二十四日傍晚。

大佳河濱公園現場萬人空巷，門口擠滿排隊的人潮，還排滿了電視台的SNG轉播車。許多工作人員門徒在門口管理秩序，來到現場的觀眾幾乎全都清一色穿著紅衣。

如幻上人穿著簡陋的白背心與短褲坐在梳化間裡，他的身旁掛著華麗，充滿梵文裝飾的金色長法袍，是用印度阿薩姆省最名貴的金蠶絲縫製的。桌上放了金色、鑲滿珠寶的頭冠，以及各式各樣的佛珠、天珠項鍊，一旁的架子上擺著三種款式不同的華麗禪杖。如幻上人將眉心點上紅點，在左眼夾上假睫毛，看向守在一旁的高保。

「去看看宣傳片的試播狀況。」

「是。」

「今晚對我非常重要，看好每個環節，注意一點，別出錯。」

如幻上人凝視著高保幾秒鐘，高保虔敬地合掌鞠躬後離開。

一道道絢麗多變的煙火衝上大佳河濱公園的夜空，在法會現場不斷循環播放著Scala and Kolacny Brothers合唱團演唱的大衛．鮑伊名曲《Heros》，在聖樂般超然悠揚的合唱歌聲中，所有觀眾忘情地欣賞煙火。

梳化間內，如幻上人化好妝穿好法袍，面對鏡子裡的自己，滿意笑了。

與此同時，台北國家音樂廳的舞台後台上，舞劇《火鳥》的工作人員們也正忙碌地走來走去。儘管因為與上人的法會撞期，來看芭蕾舞的觀眾少了一大半，但這次葉教授對於觀舞人數的多寡顯然並不關心，他希望藉由這次的表演呈現一個全新的，史無前例的《火鳥》版本。舞台現場不僅使用4K攝影機全程錄影，還邀請了來自世界各地重量級的芭蕾舞專家來台北觀舞。

女主角專用的梳化間裡，蔓詩對著鏡子用力深呼吸，試圖擺脫演出前的焦慮。她猶豫了許久才拿起手機，點開如幻上人法會的直播。手機畫面裡，大佳河濱公園早已人滿為患，蔓詩手機螢幕顯示著：直播倒數，十分五十九秒。沒多久，一名工作人員敲門後走進梳化間。

「火鳥十分鐘喔。」

蔓詩點點頭，她化完妝，從座位底下拿出鞋盒打開，慎重地拿出母親過世前送她的桃紅色舞鞋。

「妳、好、自、私……」

蔓詩被母親的聲音嚇到了，她轉頭看著身後的小p，小p正漫不經心邊哼歌邊化妝，邊看手機播放的韓劇。蔓詩鬆了一口氣，然而當她穿好舞鞋後一抬頭，赫然發現母親正站在梳化間門口，用冰冷的眼神瞪著她。

蔓詩母親的手、腳、脖子都是咬痕與燒傷的痕跡，部分傷口用粗糙的縫線縫起來，不時滲出血水，這驚悚的一幕讓蔓詩慘叫。

「媽！」

蔓詩快步追了出去。小p抬頭看著蔓詩的反應，疑惑不解。她感覺蔓詩不太對勁，也追了出去。蔓詩在黑紅色、不斷湧動的舞台布幕裡跑著，她發現母親就站在舞台布幕的另一端。

「因為妳出生了，妳爸走了、不愛我了，妳為了自己好，跑到俄羅斯跳舞？而我自己一個人承受業力、承受地獄之火？妳奪走了我的幸福、我的夢想、我的一切……都是妳。」

蔓詩母親的聲音迴盪著舞台，又像是迴盪在蔓詩腦海中。

「不、不是的，媽，我錯了。」

蔓詩不斷追著母親，但是無論蔓詩如何賣力地奔跑，母親卻始終與蔓詩保持一定的距離，不久後蔓詩的身影，乍然消失在舞台布幕裡。

「火鳥上場喔。火鳥？」

工作人員走進梳化間，卻發現梳化間內空無一人。

蔓詩失蹤的消息立刻震撼了舞台幕後所有的工作人員，所有人都拚命地尋找蔓詩。葉教授撥開舞台布幕，在舞台間快步穿梭，抓住一名工作人員劈頭就吼。

「Damn! What's the matter? Did anyone see Ratana? How long will it be?」（該死的。這怎麼回事，有誰看到瑞塔娜？還有多久？）

「Two minutes.」（剩兩分鐘了。）

這時候一名工作人員指著梳化間門口大喊。

「火鳥。」

裝扮完美的火鳥舞者出現了。葉教授、所有工作人員的眼睛都為之一亮。

ஐ ஐ ஐ

「讓我們歡迎，末法時代，千年一遇的真佛，如、幻、上、人。」

穿著華麗紫色禮服的女主持人說完後，簾幕順勢拉開，如幻上人雙手合十，步伐輕盈地走出簾幕，接受信徒的歡呼。同時，在台北國家音樂廳的舞台上，火鳥舞者們也在觀眾的掌聲中，列隊出場。

「今天，我很榮幸，邀請到偉大、尊貴的佛祖釋迦牟尼佛，他也是第一次蒞臨寶島。」

如幻上人說完後，虔誠地合掌凝望著夜空，恭敬地聆聽佛祖的訓示後朝天禮拜，然而在周遭的觀眾眼裡，當然什麼都沒看見。

「佛祖有話想對你們說，是非常簡單的箴言。萬物皆空，沒有必要為萬物的流轉而悲傷，慶祝吧。唯有慶祝，才是真正地活著。活在當下，珍惜你們擁有的每一個剎那。」

所有信徒聽到佛祖充滿智慧的「開示」之後，全都感動不已，拍手歡呼。有的門徒甚至喜極而泣地朝天禮拜。

此時蔓詩跑下計程車，衝向如幻上人的法會現場，她看見上人後充滿欣慰，眼眶泛淚。

「媽，沒事的，您很快就能解脫了。」

如幻上人正對著群眾吶喊著。

「你們願不願意臣服於我？」

「願意。」

「各位，如果我能領導台灣。台灣將成為極樂淨土。你們說，對不對？」

「對。」

「佛祖啊。您聽到人們的心聲了嗎？啊？我明白了，時候到了。讓我與您合二為一，攜手轉動法輪，完成您等候二十五世紀的承諾。」

如幻上人語畢後，淚眼汪汪，再度恭敬地朝天禮拜，這個感人的畫面也透過兩旁的巨大電子螢幕播放出來。

音響播放起華格納的交響樂《諸神的黃昏》，如幻上人背後的巨大電子螢幕發出炫麗的七彩光譜。

「加冕儀式開始。」

拿著頭冠與禪杖的女助理從後台走到如幻上人面前，女主持人替上人戴上頭冠，將禪杖遞給如幻上人，上人如同國王般，登上華麗的寶座。台下的信徒們瘋狂、歇斯底里的程度已經瀕臨極限了。如幻上人將禪杖放在寶座旁的架子上，起身張開雙手，臉朝著天空。

音樂停止了，如幻上人緩緩閉上眼睛，眼皮不斷顫抖著。所有人都安靜下來，屏息以待。

在台北國家音樂廳的舞台上，正如火如荼地上演芭蕾舞劇《火鳥》。

火鳥與飾演伊凡王子的俄籍男舞者一起跳舞，其餘舞者排列整齊地匍匐在地上。火鳥舞者的每一個舉手投足都充滿著越來越飽滿的情緒張力，突然所有的音樂嘎然而止，火鳥用力將俄籍男舞者摔在地上，迅速張開象徵翅膀的雙手，用慍怒的眼神瞪著王子，現場觀眾全發出驚呼，接著響起如雷的掌聲。

就在同時，法會現場的如幻上人睜開雙眼，兩手緩緩做出佛陀的手印姿勢，左手施無謂印，右手與願印。

「我不再是如幻上人了，佛祖已經融入我的意識，現在，你們可以叫我彌─勒─佛。」

所有信徒聽到如幻上人的宣告，無不強忍著激昂的情緒，虔誠地雙手合十唸起咒語，蔓詩也感動涕零地一邊流淚，一邊唸咒。

「虔、誠、禮、敬、南、無、彌、勒、真、佛，嗡阿吽班札……」

突然，音響傳出一陣巨大、刺耳的聲音，迴盪在法會現場。

如幻上人表情疑惑，台下的人也紛紛停止誦咒，左顧右盼。法會現場中央電子螢幕上的光譜，突然切換成如幻上人性虐外國女人的影片。

影片的呻吟聲迴盪著周遭。蔓詩與其他信徒們驚愕地看著影片。影片迅速切換成上人性虐外國女人的表情特寫，沒多久又切換成上人性虐S．R．T台灣女教徒的影片。

所有人都訝異地指指點點，有些影片當中的女主角竟然就在現場。

在電視機前看著法會現場直播的許石誠瞪大眼睛，訝異不已，他苦心蒐集的證據如今全都曝光了。

「這是怎麼回事？切掉影片，快切掉。」

如幻上人神色慌張地命令副控關掉影片，但此時待在副控室裡的人，是偉華的好友阿南，還有「表演系四俠伐木累」的蝦痞與沒種。阿南翹著二郎腿，看著大螢幕，心滿意足地讚嘆著。

「God。如果是3D、4K、120P的話，那就太完美了。」

法會現場的螢幕畫面切換成如幻上人穿著美國囚犯服的照片，一旁的中英文字幕，仔細地羅列出上人的犯罪資料。

此時舞台周遭的音響，響起偉華的聲音。

「這些都是證據。你在美國成立邪教，在保釋期間逃跑，回到台灣。」

如幻上人倉皇地環顧四周。

ꕥ ꕥ ꕥ

侯導皺著眉頭趴躺在床上，一邊抽菸一邊講手機。

房間貼著各式各樣所謂的電影海報，全都是冷門、沒有名氣的B級片。滿臉鬍渣，蓬頭亂髮的侯導，正在跟朋友聊天抱怨。上次偉華試鏡失敗的邪教題材電影《一代邪師》製作檔期一延再延，資金一直沒有著落，侯導已經心力交瘁，銳氣全消，幾乎要放棄拍攝了。

「原本要開機啊，但投資商又跑了，說什麼我的電影在隱射誰誰誰，要改劇本，片名都要換。我是隱射誰啦？再說也沒找到合適的演員啊。教主啊，演教主的，我要的是真實？啊？別鬧啦，我不看電視的？有什麼好看的？啊？真假的？」

侯導慵懶地從床底下撿起遙控器打開電視，電視正播放著法會現場的直播，偉華剛好從後台出現，走到如幻上人身邊。

「你利用門徒的弱點，控制、剝削他們。你關得住我，但你關得住真相嗎？」

被關了許久的偉華顯得更加纖瘦矮小，但是聲音卻堅定有力。如幻上人看見偉華，訝異地退了一大步。

「你……這怎麼可能？」

「什麼都有可能。」

如今偉華的氣場與自信，已經足以與上人分庭抗禮。

就在今天下午，偉華還是密室監獄裡的階下囚。

戈文達將幾片發霉的碎麵包扔進鐵窗，偉華撿起碎麵包開始狼吞虎嚥。吃完「晚餐」的偉華奄奄一息躺在地上喘氣。突然偉華全身痙攣，口吐白沫尖叫。

「吵什麼？閉嘴。」

戈文達不耐煩地吼著，卻發現偉華不太對勁。偉華低著頭，趴在地上一直找東西，戈文達疑惑地觀察偉華的一舉一動。偉華的頭微微晃動，手腳顫抖著，慢慢地用詭異沙啞的聲音說：

「我、的、牙、呢？」

熟悉的台語口音讓戈文達瞬間發怵。偉華突然撲倒在地上，氣喘吁吁疲憊不已。

「是劉、劉立委？」戈文達恐懼地喃喃唸著。

「你們對他做了什麼？」

偉華對戈文達憤怒大吼，他意識到自己的「演技」奏效了。偉華從戈文達的表情猜出，劉國福早已經被殺，戈文達必定脫不了關係。偉華滿頭大汗看著戈文達，表情認真嚴肅。

「這個密室被他的怨氣佔據了，快把我帶走。不然……」

「我、我不知道。上人會保佑我的。」

眼見戈文達越來越害怕，偉華步步進逼地威嚇著。

「快點。等到我的肉身被怨氣附體，就來不及了，他的業力太……」

偉華突然翻起白眼，全身肢體變得越來越扭曲，再度口吐白沫，發抖的手伸出鐵條外，指著戈文達，用詭異的台語咆哮著。

「就算我死了，我的業力、也不會放過你、絕不放過你、直到你死，哈哈哈哈哈。」

戈文達害怕地趴倒在地上閉上眼睛，合掌唸咒。

「頂禮南無如幻上人，保、保佑弟子戈文達不、不被劉國福、劉大立委……您說過會超渡劉立委的……嗡阿吽班札、嗡阿吽班札、嗡阿吽班札……」

戈文達害怕得語無倫次，偉華嘶聲力竭地大吼。

「快點，我快撐不住了！」

戈文達猶豫地起身，慢慢靠近密室。偉華突然抓住劉國福的衣襬，用手臂挽住戈文達的脖子，架在鐵條上往後施力。

這幾天偉華都處於極度飢餓的狀態，渾身無力，但這是他活命的最後機會，他腦中一片空白，只能用盡全力往後勒，戈文達咬著偉華的手，拚命掙扎抵抗，但偉華不為所動。

偉華回神時，戈文達早已奄奄一息。

偉華疲憊地取走戈文達口袋裡的鑰匙，把籠子的門打開，他翻找垃圾桶後發現自己的手機與錢包竟然都還在。

偉華確認戈文達還有呼吸後，將他身上的紅袍剝下來穿上，並將戈文達皮包裡的錢取出，再將戈文達拖進密室裡上鎖。

阿南咬著熱狗堡在逛人煙稀少的饒河夜市，一通電話打來，阿南接起電話，聽到偉華的聲音，阿南訝異不已。

「華唉？」

偉華嚼著牛肉漢堡，在計程車上打電話。

「阿南，對不起。」

「什麼對不起？」

「你說的沒錯，如幻上人真的是一個……瘋子。」

「喔死宅，歡迎回來。」

阿南聽到這句話，欣慰地幾乎要飆淚了。

「阿南，我有一個計畫。」

阿南擦著眼淚，聽完偉華的「計畫」之後，張大嘴巴，表情訝異。

「啊？太瞎了吧。」

這個時候，蝦痞湊到阿南身邊。

「什麼東西很瞎？」

蝦痞沒頭沒腦劈頭就問，一邊整理被風吹亂的刺蝟頭。表情怯懦的沒種也湊上來了，他們全都是「表演系四俠伐木累」line群組的成員，也全都是偉華大學時的同學兼好友。

沒多久，偉華趕到法會現場，發現高保正在門口監視著。等到高保離開以後，偉華抓緊時機混在門徒當中走進法會現場，阿南等人晚點才會跟他會合，他必須先確認副控室的地點。沒多久，偉華快步走進副控室，滿頭大汗，氣喘吁吁。

「你好，我送檔案。」

副控室的所有人都一臉狐疑看著偉華，打量偉華臉上的傷口。偉華看到地上放著幾瓶礦泉水，順手拿起一罐打開喝下喘口氣後，從皮包中拿出ＵＳＢ對導播說：

「剛剛半路出了點意外。宣傳片什麼時候播放？」

「再八分鐘。」

「影片要換最新版。」

導播疑惑地看著偉華。

「請問你是？」

「我是Ｓ．Ｒ．Ｔ宣傳部的。」

偉華拿出Ｓ．Ｒ．Ｔ的名片，在副控面前晃了晃後立刻收起來，但是導播依舊一臉質疑。

「不是，我看過你……」

偉華眼神閃過一抹緊張，但腦袋迅速轉彎。

「你是說達摩師兄吧？很多人說我們有兄弟臉。」

「對對對。上過《關鍵爆料》那位。我就說嘛，難怪你這麼眼熟……」

「我趕時間，放影片的電腦在哪裡？」

導播指出電腦與ＵＳＢ插孔的位置，偉華將ＵＳＢ插入電腦中，這時候，一隻手用力按住偉華的手。

「叛徒，想不到你竟然……」

高保憤怒地瞪著偉華，舉起帶著指虎的拳頭，準備來個一拳必殺。此時一根球棒「框」的一聲打在高保後腦杓，高保立刻暈厥倒地。

阿南出現了，揮舞著球棒，表情像是流氓，身邊是蝦痞與沒種，全都穿著在夜市買的大Size紅T恤，扮相相當滑稽。原來阿南利用肥碩的身軀與寬大的紅T恤，將球棒黏在身上帶進法會現場，正好及時救了偉華。

「死宅，好久不見。」

這是偉華第一次覺得阿南講話不像娘砲。。

「咱們表演戲四俠終於又合體了啦幹。」

蝦痞講話的方式從畢業以來始終都沒變，總是習慣性地加個「啦幹」，沒種不知道該接什麼話只好聳肩尷尬笑笑。偉華感動不已，他已經很久沒有感受到友情的溫暖了。

在偉華的指揮下，蝦痞與沒種合力將暈厥的高保拖到角落用電線綁起來。

「我們這樣做，是不是犯法啊？」

沒種怯生生地說著，蝦痞用力拍了沒種的頭要他閉嘴。導播看到高保的下場後，渾身發抖。

「不關我的事啊。我只是來打工……」

阿南用球棒用力敲了地面，咆哮道。

「閉嘴。起來」

副控、音控以及導播等人全都被阿南等人押到另一個房間鎖起來。

阿南翹起二郎腿，坐在播放宣傳片的筆記型電腦前，在偉華的指示下打開如幻上人的犯罪檔案，偉華在副控室的儀表板上找到一支麥克風。他打開麥克風，拍拍麥克風確認聲音沒有問題。

「很好，這裡交給你們，收到我的暗號就立刻按Play。」

偉華下好指示後，跑到法會現場後台。

當上人宣布與自己已經與佛陀「合而為一」後，阿南收到偉華的電話指示，立刻裝腔作勢地唸起「咒語」，結起手印。

「表演系萬歲！」

阿南用中指按下影片播放鍵，台上立刻播放起如幻上人的犯罪證據。

如幻上人眼睛瞪得大大的，額冒青筋，完全不敢相信法會這麼輕易就被偉華鑽了巨大的「破口」，忠誠的護法高保肯定出事了。

「多虧了你的業力，還有我的演技。」

偉華語帶嘲弄地說。

「你汙衊我，就不怕業力爆炸嗎？」

「業力要怎麼炸我？我就站在這裡。給你一次機會。」

如幻上人被偉華嗆得啞口無言，神色有些慌張，台下的蔓詩緊張地看著兩人的互動。

「各位。我在美國的門徒，他們全都開悟解脫了。原本今天在場的各位，全都可以獲得最高層次的夏克緹開悟，卻被你這個叛徒給破壞了。」

上人朝天禮拜後，以激憤的口吻指責偉華。

「佛祖釋迦牟尼也離開了。你知道嗎？佛祖等了這個機會等了足足兩千五百年，你們說，這罪不重嗎？」

在如幻上人的煽動下，台下門徒們開始謾罵偉華，有人朝他扔水瓶、垃圾。

「下去、滾開、下地獄吧。」

門徒們此起彼落憤怒地叫囂著。

「保全、保全。」

如幻上人一聲令下，兩名保全立刻跑上台試圖拉走偉華。

「放開我。我相信還有很多人是受害者，勇敢站出來說出真相，不要再被他騙了！」

台下好多名女門徒，聽到偉華說的話後，全都猶豫不已，他們之中有很多人都是剛剛播放的影片中的主角。

幾名男門徒憤怒吆喝著，衝上法會舞台抓住偉華，試圖搶走偉華的麥克風，偉華拚命掙扎，攝影師精準地拍到偉華掙扎的表情，所有畫面都播放在兩側的巨大螢幕上，也播送到全台灣觀眾面前。

「騙子，就算你真的有法力，我也不想祈求你的憐憫。」

偉華嘶聲力竭吶喊著，一名男門徒一拳重擊偉華腹部，偉華感到一陣作嘔，他的麥克風被搶走，嘴巴被摀住，被保全與男門徒們拖進後台毆打。如幻上人狂傲激動地拍手大笑。

「好，幹得好，打死他，打死這個叛徒。」

蔓詩看到如幻上人狂妄自大的表情，瞬間若有所悟，她終於看清楚上人的真面目了。然而群眾是盲目的，為了阻止阿南播放上人的犯罪證據，一群門徒激動地闖進副控室，扯斷電腦線，試圖將阿南、蝦痞、沒種架走，阿南拿著球棒拚命抵抗卻依舊寡不敵眾。

正在房間裡看法會直播的侯導，看到偉華被拖走的那一幕，驚愕到嘴上的菸掉了下來。偉華被拖走後，女主持人尷尬地站在一旁，如幻上人用眼神指示她繼續主持。

「好的雖然有一點小插曲，但是加冕儀式還是非常的順利圓滿，接下來，最重要的時刻終於來臨了。」

女主持人勉強擠出幾個字後，尷尬到不知道如何接下去了，索性將將球丟給上人。

如幻上故作疲態地說著：

「佛祖離開了，現在……我獨自一人承擔眾生的業力，我的元氣嚴重耗損……」

此時的蔓詩淚眼汪汪，再也聽不進上人說的任何話了。她知道，另一邊的舞台上，她的閨蜜小p，已經取代了她，成了浴火重生的火鳥。

此時，在台北國家音樂廳的舞台上，觀眾們對《火鳥》舞劇的精湛演出報以最熱烈的掌聲，小p正與所有舞者們手牽著手，與葉教授一起向觀眾鞠躬。

「Let's welcome the most promising new star, Poppy! Congratulations!」（讓我們歡迎最有潛力的新星，小p。恭喜妳。）

葉教授熱情地向觀眾介紹小p，小p摘下火鳥面具，台下觀眾們歡呼、吹口哨的聲音不絕於耳。小p眼眶濕潤，感動不已。葉教授充滿熱情地擁抱小P，大聲宣布：

「Hope you like Russia!」（希望妳喜歡俄羅斯。）

「我將會折壽十年，但是我的命不重要，重要的是你們……」

此時如幻上人依舊臉不紅氣不喘地表達救渡眾生的使命，一舉一動如同百老匯的舞台劇演員般，精湛動人地演繹出聖人的角色，他的好萊塢演員夢雖然失敗了，卻以宗教的名義在台灣實現了，他深信自己講得再天花亂墜、胡說八道，台下這群「麻瓜們」都會相信。

女主持人突然大聲尖叫。

蔓詩握著禪杖衝向上人，朝上人的頭上用力一劈，「匡啷」一聲，如幻上人的頭冠掉在地上摔壞了。

「噁心的變態、自戀的瘋子。」

蔓詩將積醞已久的憤怒，全都爆發出來。

現場所有人全都張大嘴巴，目瞪口呆。蔓詩搶過女主持人手上的麥克風，面對信徒們吶喊：

「我知道，還有很多人跟我一樣被這個變態騙了。我求你們站出來，這是唯一的機會了。」

蔓詩突然其來的舉動讓上人的思緒中斷了好幾秒鐘，當他回神時，只感到額頭上有一股濕熱的暖流順著鼻樑流下來，他摸摸頭頂，看到手指上滿是鮮血後，才感受到頭皮一陣痠麻。

「我的臉、我的臉……」

如幻上人終於發現自己受傷了，他仰起頭，如同野獸般憤怒咆哮著，聲音傳遍了整個法會現場。讓如幻上人憤怒的原因不是疼痛，而是多年來他一直努力維持、引以為傲的神聖容顏居然破相了。上人披頭散髮地甩著頭，憤怒指著蔓詩大喊：

「閉嘴婊子賤貨，連妳也背叛我？把她帶走。打死這個賤女人。」

在情緒驅使下，上人飆出所有不雅、不堪入耳的下流詞彙，台下的門徒們全都愣住了。幾名男門徒猶豫了一會，跑上台試圖拉走蔓詩，但更多女門徒也衝上台拉住蔓詩。

「瑞塔娜說的是真的，我也是受害者。」

「我也是，不准帶走她。」

女門徒們一個個站出來指責上人，保護蔓詩。台下門徒們開始交頭接耳地爭論，沒多久就分為兩派彼此互罵，鬥毆，場面變得越來越混亂。抓住偉華的門徒們也開始爭吵，偉華趁機掙脫，走到如幻上人面前。

「你的魔咒，破解了。」

如幻上人意識到局勢對自己越來越不利，他面向門徒大聲疾呼。

「我是真佛！你們要信我，全然臣服於我。我當下、當下就讓你們全都開悟。」

如幻上人說完後緩緩張開雙手，睜大眼睛「發功」。

「各位，看著我，拋棄你的貪婪、拋棄你的邪惡、拋棄你的自我吧，讓我們的靈體直奔星靈界。開悟解脫，離苦得樂，嗡阿吽班札、嗡阿吽班札……」

大部分的門徒正忙著爭吵，沒人注意到上人「發功」。

「啪」的一聲，偉華給了上人一個賊響的巴掌。

「懺悔吧。」

「懺你媽的B！」

如幻上人惱羞成怒攻擊偉華，兩人在舞台上扭打起來，兩邊的螢幕一邊播放著台下爭吵鬥毆的信徒，另一邊播放偉華與上人打架的畫面，信徒們紛紛崩潰、嚎啕大哭，男女的哭聲、爭吵聲此起彼落，這些畫面全都被SNG車轉播出來。

沒多久，法會現場響起了警笛聲，一群警察出現維持現場秩序，並對上人表示希望他回警局協助調查。

上人終於清醒了，他眼眶濕潤，看著台下的門徒們彼此爭吵。此刻上人的心情，就像一個玩具被搶走的小孩般難過不已，他的野心，他的理想國，烏托邦，全都幻滅了。

淚水奪眶而出，上人努力克制自己，吞下眼淚，不願表現出內心多愁善感的一面，緩緩地伸出手，讓警察銬上手銬。

上人即將被帶走時，高保突然從人群裡衝出來，用指虎攻擊警察，試圖救走上人，卻立刻被一擁而上的警察制伏了。高保被警察帶走，經過偉華身邊時，不斷掙扎咆哮著。

「無恥的叛徒。你背叛了上人。業力會全部在你身上爆炸，你會下無間地獄的。嗡阿吽班札、嗡阿吽班札、嗡阿吽班札……」

偉華看著高保，感到不勝唏噓。

此時偉華突然在不遠處發現蔓詩，蔓詩激動地撲向偉華的懷抱哭了。

「偉華，對不起，我……」

「沒事、沒事了。」

偉華也情不自禁地哭了，兩人真摯地擁抱在一起。這時候阿南、蝦痞、沒種也來了，「表演系四俠」的成員們彼此充滿默契地擊掌、擁抱，他們終於贏了。

偉華突然感覺到背脊竄起一股涼意。

他一回頭，發現被警察帶走的上人一路上一直盯著自己與蔓詩，嘴角上揚，似乎在冷笑著，如炬的目光令人不寒而慄。偉華的胸口瞬間感到一陣悶疼，他刻意避開上人的視線望向法會現場，許多門徒垂頭喪氣默默離開，有的門徒依舊跪在地上捶胸頓足，嚎啕大哭。

「至少他們覺醒了，不是嗎？」

偉華在內心深處這樣安慰自己時，突然一個水瓶扔到偉華頭上，二三十名教徒衝向偉華，朝他大吼。

「抵制叛徒，守護上人、守護S・R・T。」

警察們衝向教徒，雙方發生肢體衝突，偉華等人在警察的保護下離開現場。當偉華與蔓詩、阿南、蝦痞、沒種五人疲憊地在街上走動的時候，許多人訝異看著他們，有的人甚至拿手機朝他們拍照，畫面如同英雄凱旋歸來。

法會直播結束後，許石誠關掉電視，疲軟地癱坐在遊戲區的沙發上，他不知道如何面對此刻的心情。

先前他早已透過直播公開向上人道歉，並阿諛奉承地表態會支持上人，他早就料到此舉換來的會是政治對手的一頓猛酸，以及隨之而來的掉粉狂潮，但是許石誠並不介意，他深信自己已經牢牢掌控住自己的政治生涯。

原本許石誠想等法會結束後主動拜會上人，試探上人對於競選總統的想法，當然也是為了了解偉華有沒有如實地傳遞他想要當行政院長的想法。如今，為了掌握上人的犯罪證據所花費的數十萬美元，以及他為了當上行政院長所付出的種種精打細算，就在偉華出現的剎那，全部付諸東流了。

許石誠憤怒地在幕僚辦公區大吼。

「田雞。田雞呢？有誰看到他？」

「許立委，田雞留給您的。」

一名女幕僚將一封辭職信遞給許石誠。許石誠坐在沙發上打開信，皺了眉頭。信件內容很多都是超出許石誠理解範圍的英文。

「Someone gave me a big money, enough to get rid of you such a snobbish, narcissistic, mean, shameless, dirty, a total incompetent vampire at home.」

女幕僚看了信裡的英文字後，有些猶豫。

「這……妳幫我翻一下。」

「呃……」

「快點。」

「有人給我一筆錢，足以讓我擺脫你這卑鄙、勢利眼、自戀狂、小氣、無恥、齷齪，一個徹底無能的……」

許石誠終於了解了，他腦海裡閃過種種畫面，田雞將如幻上人犯罪檔案傳給偉華。不久，田雞的戶頭匯入了一大筆錢。

「夠了。」

在許石誠的命令下，女幕僚轉身離開，嘴唇抽動著，用嘲弄的口氣小聲地把信唸完。

「家裡的吸血鬼。」

半夜，偉華獨自一人走在街上，他已經做完筆錄，也對各家緊追不捨的媒體記者們解釋過無數次自己是如何逃出密室，破解上人陰謀的來龍去脈了，一再一再地解釋，他已經累了。

偉華經過一些放映如幻上人廣告的電子螢幕，看著螢幕一個個熄滅。偉華發現，在這場邪教戰役裡他的確贏了，內心深處卻湧現從未有過的、巨大的失落感，好像自己一部分的靈魂與他切割了，或許這就是幻滅吧。

偉華走近家門，發現屋內燈是開的。

偉華母親穿著睡衣開門，她看見偉華後興奮擁抱他，偉華父親眼眶濕潤站在客廳看著他，內心高興但刻意隱藏情緒。偉華微笑看著父親，他知道父親是高興的。

Ｓ．Ｒ．Ｔ總部在警方的調查下，找到無以計數的美元與新台幣（詳細金額調查結果成謎），還找到眾多種類的毒品與致幻劑、催淫劑、南美洲進口的死藤水、一些化學實驗器材與難以辨識品種的薰香藥材等等，在偉華被囚禁的密室裡找到了各式各樣的鈍器與刑具，更在刑具上採集到劉國福的ＤＮＡ，儘管幾乎罪證確鑿，高保與如幻上人，以及涉嫌重大的戈文達卻始終口徑一致，不肯說出劉國福的屍體下落，也矢口否認殺死劉國福，讓劉國福血案頓時成了名噪一時的懸案。

美國ＦＢＩ調查局也認出如幻上人就是他們之前通緝的邪教教主，試圖引渡上人回美國接受調查，引發了一股台美搶人風波，最終因為上人沒有持有綠卡，而是使用中華民國護照，最終確定在台接受司法審判。

如幻上人的一舉一動依然受到媒體的高度注目。

上人被以鉅額保釋金保釋後，在第一次前往庭訊，遭到羈押轉移到看守所時，仍穿著特殊設計的華麗長袍，下車時儘管雙手銬著手銬，卻依舊雙手合十，用和煦的微笑面對媒體，此舉被鎂光燈定格，成了各大報紙的頭版照片，也成了上人最為經典的照片。

上人的名流門徒們也極力為如幻上人奔走。知名的銘神科技集團董事長傅銘山，更是聘請了一流的律師團隊替上人打官司。不斷試圖證明真正在幕後操控的人是高保與戈文達……

法院判決結果，戈文達因為涉嫌擄人勒贖、謀殺等罪名被被判十七年牢，而高保除了上述罪刑以外，還涉嫌洗錢，非法持有一級毒品與武器、襲警等罪名，一共被判刑三十年牢，其餘涉案的教徒也分別判了大小不等的刑責，如幻上人則因為教唆傷害罪與強制性交罪，判刑六年，全案在短短半年內定讞。

上人入獄服刑後沒多久，源自香格里拉病毒的變種病毒Omega病毒捲全球，曾經是防疫模範生的台灣由於疫苗採購進度不佳、機師染疫風暴等種種因素，並未守住這波疫情，Omega病毒造成台灣近千人死亡，讓台灣社會陷入更可怕的的懷疑、對立與動盪不安的氛圍中，網路開始有謠言流傳，這是上天對台灣政府將如幻上人羈押入獄的報應，少數S．R．T信徒甚至不惜違反政府的三級防疫警戒規定，群聚在總統府前抗議，要求總統特赦上人。

伴隨著上人巨大的爭議性，他的書籍與講道DVD卻越來越暢銷，甚至被翻譯成多國語言，某些上人演講的Youtube視頻的點閱率甚至突破數億，在非主流的書評家眼中，如幻上人被認為是名優秀的、獨具一格，充滿智慧的開悟哲學家，有的宗教家甚至認為上人是繼佛陀之後，當代最偉大的靈性導師之一。許多門徒仍堅信上人是被美國與台灣政府聯合陷害的，目的是為了削弱如幻上人對社會的影響力。

疫情趨緩後的六個月，台灣舉辦了總統兼立委大選，許石誠連任失敗，而田雞卻以無黨籍的身分當選立委了。

ઙ ઙ ઙ

這天，偉華坐上桃園車站出發的113路公車，欣賞著沿途的風景，他突然想到什麼，從包包裡拿出一張明信片。是蔓詩從美國寄來的。

照片內容是蔓詩與許多外國女舞者一起跳舞的劇照，拍得相當有質感，明信片下方還印了《漫&詩》。他將照片翻到背面，開始閱讀蔓詩親筆寫下的文字。

「反正你也來不了紐約，就只能發個照片讓你聞香了。美女很多，心動了吧？好啦，沒在硬撐，舞團剛成立是有點辛苦，但起碼是在跳我自己的舞。而且這裡真的認識了很多優秀的舞者，等我回台演出再約聊吧。當然，我可以奉送你免費票一張，如果你有女朋友了，好吧，求我的話，我會考慮再施捨你一張。」

偉華閉上眼睛，想像著蔓詩認真地指導外國女舞者跳現代舞的畫面，望向窗外晴朗無比的天空，笑了。

蔓詩因為在《火鳥》演出前臨陣退縮，主動辭退台北世紀芭蕾舞團，之後在家休養了半年，閉關鑽研全新的舞步後，成立了《漫&詩》舞團，不僅成功邀約到國際編舞大師一起演出，之後在舞蹈作品上也不斷地推陳出新，還受邀到紐約巡迴表演，蔓詩雖然失去了去俄羅斯學舞的機會，卻成功地走出屬於自己的路。

偉華不時會想起一個人，那就是天才駭客艾普，在上人被定罪的當晚，他吞了大量的安眠藥自殺，幸好被救回來了，但從此再也離不開精神分析與心理治療。

偉華在山鶯明興街口下車，走向法務部矯正署臺北監獄，他在監獄大門口躊躇不前，猶豫了一會才走進去。這是偉華第一次來到監獄，他自己也說不清楚，為什麼要來探望上人。

如幻上人步伐輕盈地走向監獄會客室的椅子緩緩坐下，他看見偉華後點頭和煦地笑了，偉華訝異不已，上人的表情依舊寧靜莊嚴，儘管穿著監獄制服，但上人的姿勢，他的一舉一動，優雅地彷彿國王般，身旁的獄警，倒像是他的門徒了。上人的長髮早已剃光，留著一圈雪白的短髮，但是他那張犍陀羅佛雕般俊美的臉孔，依舊熠熠生輝。

「最近好嗎？」

偉華不知所措，不知道自己該如何稱呼上人。

「無論身在何處，都不會影響我的寧靜與開悟。」

偉華若有所思笑了一下。上人即使進了監獄，還是「上人」。

「習慣就好。」

會客室玻璃上，如幻上人的臉與偉華的臉彼此重疊。

如幻上人沉默了許久才開口。

「在這裡，我的門徒越來越多……」

「他們可比你好多了，起碼不會背叛我，但是……」

上人那雙依舊銳利無比、充滿穿透力的的湛藍色瞳仁，一直盯著偉華，眼皮甚至都沒眨過一次。

「達摩克爾提，我曾經向你展示過人性的多重面向……」

偉華打斷了上人。

「不，你做的一切都是為了滿足你的貪婪罷了，我不會再上當了。」

偉華如如不動，冷冷地看著上人，他深信自己不會再受到上人影響了。如幻上人的臉突然湊向偉華，眼珠瞪得更大，幾乎將整張臉貼在玻璃上。

「貪婪的是誰？呵呵呵……達摩克爾提，你會明白的。那全都是我的表演。我表演了人性的極善與極惡，但是達摩，那全都是表象，若見諸相非相，即見如來，唯有絕對臣服的門徒才能通過……火的試煉。」

「不、不是這樣的……」

偉華囁嚅著，他感到頭越來越暈，眼神也越來越迷濛。

「你還是有機會開悟的，看著我。達摩克爾提。你是一個猶大，但是我會寬恕你，達摩克爾提，繼承我的意志，別讓業力影響你的判斷……」

「別再說了。」

偉華渾身冒汗，他閉上眼睛緊捏著太陽穴，試圖抵抗暈眩的感覺。

「你究竟是神？還是魔鬼？還是瘋子？」

偉華憤怒地起身大吼。

「你到底是誰？」

如幻上人沒有回答，他瞪大眼睛看著偉華，接著不斷狂笑，笑聲響徹四周。

「時間到了，上人。」

獄警帶走了不斷狂笑的如幻上人。

偉華全身冒汗，氣喘吁吁跌坐在椅子上，內心恐懼不已，他發現自己潛意識深處，依舊被上人深深吸引著。

ᘓ ᘓ ᘓ

一道道璀璨的煙火衝向夜空，大佳河濱公園再度搭起了舞台，聚攏了許多穿白袍的男男女女。

舞台的梳化間內，一個男子正對著鏡子，緩緩地將頭髮往後梳。男子換上精緻的絲質白袍，脖子戴上蜜蠟佛珠後，步履輕盈地走向舞台。舞台上，女主持人大聲疾呼：

「讓我們歡迎本世紀最偉大的開悟者，妙、力、上、人。」

簾幕拉開，探照燈迎面而來，照亮了男子的白袍，讓他的背影充滿神聖感。果戈里聖樂響起，鏡頭慢慢拉到男子的正面，竟然是偉華。

偉華張開雙手，白袍伸展開來，像鴿子一樣，台下所有的男男女女全都穿著白袍，如癡如醉地歡呼著。偉華的眼皮不斷顫抖著，似乎在發功，所有的信徒瘋狂、歇斯底里地吶喊，阿南也在台下搖頭晃腦興奮地吶喊著。

鏡頭慢慢退後，侯導正坐在監視器面前觀看畫面。

「卡。回板。」

從侯導喊卡的聲音可以聽出，他非常滿意這顆鏡頭。

「鏡頭一之一 take one。」

場記打板，場記板上寫著電影名稱《一位大師的誕生》。

（全文完）

釀冒險53　PG2644

一位大師的誕生

作　　者　侯宗華、洪裕淵
責任編輯　喬齊安
圖文排版　陳彥妏
封面設計　劉肇昇

出版策劃　釀出版
製作發行　秀威資訊科技股份有限公司
114 台北市內湖區瑞光路76巷65號1樓
電話：+886-2-2796-3638　傳真：+886-2-2796-1377
服務信箱：service@showwe.com.tw
http://www.showwe.com.tw
郵政劃撥　19563868　戶名：秀威資訊科技股份有限公司
展售門市　國家書店【松江門市】
104 台北市中山區松江路209號1樓
電話：+886-2-2518-0207　傳真：+886-2-2518-0778
網路訂購　秀威網路書店：https://store.showwe.tw
國家網路書店：https://www.govbooks.com.tw
法律顧問　毛國樑　律師
總 經 銷　聯合發行股份有限公司
231新北市新店區寶橋路235巷6弄6號4F
電話：+886-2-2917-8022　傳真：+886-2-2915-6275

出版日期　2021年10月　BOD一版
定　　價　260元

讀者回函卡

Printed in Taiwan

國家圖書館出版品預行編目

一位大師的誕生/侯宗華, 洪裕淵著. -- 一版. --
臺北市 : 釀出版, 2021.10
面；　公分. -- (釀冒險 ; 53)
BOD版
ISBN 978-986-445-520-1(平裝)

863.57　　110015130